WENN EIN LÖWE EITEL IST

Lion's Pride, Band 14

EVE LANGLAIS

Copyright © 2022 Eve Langlais
Englischer Originaltitel: »Deck the Mane (A Lion's Pride Book 14)«
Deutsche Übersetzung: Noëlle-Sophie Niederberger für Daniela Mansfield Translations 2022

Alle Rechte vorbehalten. Dies ist ein Werk der Fiktion. Namen, Darsteller, Orte und Handlung entspringen entweder der Fantasie der Autorin oder werden fiktiv eingesetzt. Jegliche Ähnlichkeit mit tatsächlichen Vorkommnissen, Schauplätzen oder Personen, lebend oder verstorben, ist rein zufällig.
Dieses Buch darf ohne die ausdrückliche schriftliche Genehmigung der Autorin weder in seiner Gesamtheit noch in Auszügen auf keinerlei Art mithilfe elektronischer oder mechanischer Mittel vervielfältigt oder weitergegeben werden.

Titelbild entworfen von: Yocla Designs © 2019/2020
Herausgegeben von: Eve Langlais www.EveLanglais.com

eBook: ISBN: 978-1-77384-366-7
Taschenbuch: ISBN: 978-1-77384-367-4

Besuchen Sie Eve im Netz!
www.evelanglais.com

Kapitel Eins
AM ERSTEN WEIHNACHTSTAGE
SCHENKTE MEINE LIEBSTE MIR -
EINEN SPIEGEL, DAMIT WIR UNSERE
ÜPPIGE MÄHNE BEWUNDERN
KONNTEN.

Felix nahm sich einen Moment, um seine Haare zu kontrollieren. Perfekt. Wie immer. Da er von seiner Mutter einbestellt worden war, hatte er sich leger gekleidet: eine Tweed-Hose mit Hemd und Slippern ohne Socken. Später würde er vielleicht in der Stadt einen Spaziergang machen und die Leute begeistern, dass ihr Prinz unter ihnen wandelte. Vielleicht würde er sich auch einen frischen Kaffee und einen mit Katzenminze bestreuten Donut holen.

Mutter hatte andere Pläne.

»Pack eine Tasche. Du machst eine Reise. Du brichst innerhalb der nächsten Stunde auf. Der Jet wartet.«

»Wohin?«, fragte Felix seine Mutter.

Die Matriarchin seiner Familie und das aktuelle Oberhaupt des Rudels in Spanien sah großartig aus, obwohl sie bereits ihren sechzigsten Geburtstag gefeiert hatte. Ihr natürliches Haar war mehr grau als gold, aber ihr Gesicht blieb überwiegend glatt, was keinen Operationen zu verdanken war. Die Löwen-Genetik spielte eine Rolle, aber sie versorgte ihre Haut auch gewissenhaft mit Feuchtigkeitscreme, genau wie er.

»Du wirst nach Amerika reisen. Du wirst Weihnachten bei deinem Cousin Arik verbringen.« Mutter ging zu makellosem Englisch über. Sie sprachen alle ohne auch nur den Anflug eines Akzents. Es war Teil ihrer Erziehung.

Bevor der verwirrte Felix nach dem Grund fragen konnte, mischte sich seine Schwester, eine Miniaturversion seiner Mutter, ein. »Hast du es ihm gesagt?«

»Warum weiß sie es vor mir?« Er stieß mit einem Finger in Richtung seiner Schwester. Die Rivalität zwischen den beiden war wohlauf.

»Jammere nicht. Das ist nicht attraktiv«, schalt Mutter.

»Ich werde jammern, wenn ich will, da sich mein eigen Fleisch und Blut während der Festtage meiner entledigt.« Felix legte eine Hand auf seine Brust. »So ungeliebt.«

»Sei kein Dramalöwe. Es war nicht mit Absicht. Ich habe nur zufällig Pläne, und als zukünftige Königin wurde deine Schwester eingeladen, Weihnachten als Teil unserer Abkommensverhandlungen beim italienischen Rudel zu verbringen. Du solltest mir dafür danken, dass ich dafür gesorgt habe, dass du nicht allein sein wirst.«

»Es sind noch zwölf Tage bis Weihnachten. Was soll ich tun?«

»Dich wieder mit deinen amerikanischen Cousins verbinden. Ihre Kulinarik genießen.«

»Ich würde ihre Steakhaus-Kette wohl kaum als Kulinarik bezeichnen.« Er zog die Oberlippe zurück.

»Ich habe gehört, sie soll recht gut sein.« Mutter widersprach weiter seinen Argumenten. »Während du dort bist, kannst du die Verhandlungen über unsere anstehende Fusion mit Arik beenden. Oh, du solltest versuchen, die Honey Pine Farm zu besuchen.«

»Warum sollte ich das tun?«

»Weil es dort sehr einzigartigen Honig gibt, und wenn du mir ein Glas Honig-Falten-Weg besorgen könntest, wärst du mein Lieblingssohn.«

»Ich bin dein einziger Sohn.«

»Im Moment.« Eine dumme Drohung, da seine Mutter nicht die Absicht hatte, weitere Kinder zu bekommen.

»Weißt du, wie kalt es in Amerika zu dieser Jahreszeit ist?«, rief Felix. »Denk an den Schaden, den das an meiner Mähne anrichten wird.« Er schüttelte seine goldenen Locken ein wenig.

Seine Schwester, die neben seiner Mutter stand und denselben missbilligenden, finsteren Blick zur Schau stellte, prustete. »Eitler Idiot.«

»Du solltest wirklich nicht so die Stirn runzeln,

liebste Schwester. Falten sind jedermanns Feind. Wenn du möchtest, kann ich dir eine Creme empfehlen. Vielleicht ist es für dich noch nicht zu spät.«

»Ich werde dich häuten«, zischte seine Schwester.

»Bitte, Kinder.« Mutter ging dazwischen. »Wir haben keine Zeit zum Streiten. Ich habe gesprochen.«

Und damit hatte es sich.

Felix hatte kaum Zeit, um all seine wichtigsten Dinge einzupacken, bevor er zum Flughafen gebracht wurde. Er verbrachte den nächsten Tag in großer Höhe, wo er schokoladenüberzogene Erdbeeren aß und seine Sorgen in Wein ertränkte. Nicht genug, um einen Kater zu haben. Immerhin wollte er bestmöglich aussehen.

Ein im Voraus arrangiertes Fahrzeug wartete bei seiner Ankunft, gefahren von einem alten Bekannten. Leo war ein kräftiger Mann, der massiger geworden war, seit sie einander zuletzt gesehen hatten. Das Eheleben sagte ihm offenbar zu. Er informierte Felix über die aktuellen Neuigkeiten, während er zur Operationsbasis seines Cousins fuhr, ein Gebäude mit Eigentumswohnungen, die einen Großteil seines Rudels beherbergten.

Angesichts Amerikas riesiger Größe und Bevölkerungszahl existierten mehr als nur ein paar Löwengruppen, jede mit ihrem eigenen König, aber die von Cousin Arik war die mächtigste. Und reichste. Der Mann verdiente ein Vermögen mit Haarprodukten, neben anderen Dingen.

Wenn ein Löwe Eitel ist

»Ich befürchte, ich werde dich rausschmeißen und wieder wegfahren müssen. Ich gehe mit meiner Gefährtin zum Abendessen, ohne Kinder, und sie hat gedroht, mich zu kastrieren, wenn ich zu spät komme.« Mit diesen Worten setzte Leo Felix vor dem Gebäude ab, das Gepäck neben sich auf dem Gehweg. Nur sechs Taschen, da er kaum Zeit zum Packen gehabt hatte. Er würde ein wenig einkaufen müssen. Natürlich mit Mutters Kreditkarte.

Felix kämmte sich schnell die Haare mit den Fingern, bevor er eintrat und verkündete: »Freut euch, meine amerikanischen Cousins und Cousinen, denn ich bin hier, um eure Feiertage zu versüßen.« Felix stand majestätisch da, während er darauf wartete, von den Löwinnen auf den vielen Diwanen im Gemeinschaftsbereich der Eingangshalle gewürdigt zu werden.

Nur ein Augenpaar wurde auf ihn gerichtet. Dann gähnte die Frau mit den bunten Haaren, die durch ausgiebige Mengen Bleiche – entsetzlich! – erreicht worden waren, und wandte den Blick ab.

Vielleicht hatten sie ihn nicht gehört, oder stimmte mit ihrem Sehvermögen etwas nicht? Das musste es sein. Wie konnten sie sonst seine Großartigkeit nicht erkennen?

Er nahm eine schmeichelhafte Pose ein und versuchte es erneut. »Hmhm. Ich bin es, Felix Charlemagne, der aus dem weit, weit entfernten Spanien gekommen ist. Freut euch, denn wir werden Weihnachten miteinander verbringen.«

»Psst. Siehst du nicht, dass Annabelle und Junior schlafen?« Eine Frau mit extrem blonden Haaren – glücklicherweise natürlich und nicht gefärbt – und Sportkleidung brachte ihn zum Schweigen und zeigte auf eine Frau, die mit einem Baby auf der Brust auf einer Couch lag.

»Zu spät«, grummelte die nicht länger schlafende Mutter. Tatsächlich schrie das Kind eine Sekunde später. Laut. Der schrille Ton störte beinahe die perfekte Balance in Felix' Haar. Gut, dass er heute Morgen zweimal Feuchtigkeitspflege aufgetragen hatte.

»Weißt du, wie lange es gedauert hat, ihn zu beruhigen?«, beschwerte sich eine andere Frau, die aufstand und die Hände in die Hüften stemmte. Er erkannte Joan, da sie ihn bei seinem letzten Besuch vom Flughafen hergefahren hatte.

»Er hat Koliken.« Eine weitere Frau konfrontierte ihn mit finsterer Miene.

Endlich waren alle Augen auf Felix gerichtet und er neigte das Kinn, um seinen besten Winkel zu zeigen. »Keine Angst. Ich kann das Kind wieder zum Schlafen bringen.«

»Wie? Wirst du ihn langweilen?« Die Frage ging mit einem Augenrollen einher. Welch Respektlosigkeit.

Er würde es ihnen zeigen. Er schnippte mit den Fingern.

Niemand zuckte zusammen. Er seufzte beinahe.

Wie er sein Zuhause bereits vermisste, wo jeder seiner Wünsche erfüllt wurde, bevor er überhaupt wusste, dass er einen Wunsch hatte.

»Gebt mir das Kind«, verlangte er.

»Hast du vor, es zu ersticken? Denn das hat mein Mann verboten.« Mit verzogenem Gesicht betrachtete Annabelle das schreiende Kind, das seinem flaumigen, platingrauen Haar nach zu urteilen mehr nach seinem Löwenvater als nach seiner Wolfsmutter kam.

»Drastische Maßnahmen sind nicht nötig.« Er streckte die Hände aus und das Baby wurde hineingelegt.

Er platzierte das Kind an seiner Schulter und rieb. Das Brüllen verstummte sofort. Einen Moment später gab er das schlafende Junge zurück.

Die Mutter starrte zuerst das Baby, dann ihn mit offenem Mund an, bevor sie flüsterte: »Wie? Das letzte Mal hat es mich eine Stunde des Wiegens, die Haut einer Brustwarze und ein Gebet zum Teufel gekostet.«

Er zog einen kleinen Zerstäuber hervor. »Sprüh das hier auf deine Kleidung. Es hat eine beruhigende Wirkung.« Er hatte es benutzt, bevor er aus dem Jet gestiegen war, um eine problemlose Zollabfertigung zu gewährleisten. Ein ruhiger Grenzbeamter beschäftigte sich nicht allzu intensiv mit seinen vielen Haarprodukten.

Annabelle schnappte es sich. »Danke.«

»Ich werde den Namen der Firma brauchen, damit ich einen Karton bestellen kann. Bald werde ich es möglicherweise selbst benötigen.« Eine hochschwangere Frau tätschelte ihren runden Bauch.

»Sei nicht albern, Cousine Luna. Du heißt doch Luna, oder?« Er war sich nicht ganz sicher, da sie sich nur einmal während eines vorherigen Familienurlaubs getroffen und nicht gut verstanden hatten. Sie hatte ihm den halben Kopf rasiert. Natürlich waren sie zu dieser Zeit beide Kinder gewesen und er hatte es verdient, nachdem er ihr gesagt hatte, sie hätte Haare wie die eines Golden Retrievers.

»Oh, ich bin gerührt, dass du dich an mich erinnerst, Jammerlappen.« Sein Spitzname in diesem Sommer, da er geweint hatte, als er gesehen hatte, was sie mit seinem Kopf getan hatte.

»Mein Name ist Felix, wenn es dir nichts ausmacht.«

»Ich werde dich nennen, wie du willst, wenn du uns mehr davon besorgen kannst.« Sie zeigte auf Annabelle und die Sprühflasche.

Jemand versuchte, sie sich zu schnappen, mit der Aussage: »Lass mich mal riechen.«

Annabelle fletschte die Zähne und knurrte: »Fass es an und stirb.«

Alle entschieden sich für das Leben.

Es war eine der jüngeren faulenzenden Löwinnen, die rief: »Bist du nicht der Kerl in all diesen Parfümwerbungen?«

Wurde auch Zeit, dass sie ihn erkannten. Er hatte einen Großteil seiner medialen Reichweite an die

Jüngeren gerichtet. »Der bin ich.« Er warf sich in die Brust.

Die schlanke Frau musterte ihn. »Ich dachte, du wärst größer.«

Er tat sein Bestes, sie nicht anzufunkeln. Er hatte es nicht faltenfrei bis zum Alter von fünfunddreißig geschafft, nur um jetzt zu scheitern. Allerdings verteidigte er sich. »Ich bin respektable einen Meter siebenundachtzig groß.«

»Nur?« Das war die Antwort, gefolgt von Gekicher.

Kein Respekt.

Überhaupt nicht.

Er hatte die Dreistigkeit amerikanischer Frauen vergessen. Oder, wie diese Gruppe gern genannt wurde: die Schlampen. Bevor er einen internationalen Vorfall verursachte, entschied er sich dafür, sich zu entschuldigen. »Meine Damen, auch wenn es mir ein großes Vergnügen war, wartet mein Cousin auf mich.« Er ging davon und wurde ein wenig besänftigt, als jemand flüsterte: »Er hat einen schönen Hintern.«

»Ich schätze, man könnte ihm immer eine Tüte über den Kopf stülpen.« Die schnelle Erwiderung dämpfte sein Ego.

Er kämpfte dagegen an, die Lippen zu schürzen, als er zum Empfang ging, der mit einem Wachmann besetzt war, der mehr an seinem Handy als an seinem Job interessiert zu sein schien, auch wenn er Felix einen kurzen Blick zuwarf, als dieser sich räusperte.

»Bring mich zu Arik.« Felix sprach es als Forderung aus.

»Hast du einen Termin?«, wagte der Kerl zu fragen.

»Als bräuchte ich einen.«

»Das tust du.«

Felix zog eine Augenbraue hoch. »Weißt du, wer ich bin?«

»Jemand ohne Termin, denn ich habe für heute nichts auf meiner Liste stehen.« Der Wachmann grinste.

Felix nahm einen Atemzug durch die Nase, um seinen Ärger zu beruhigen. Kein Stress. Keine Falten. Kein Ausflippen. Das war für die weniger Entwickelten.

»Ich bin Felix Charlemagne, und mein Cousin Arik hat mich persönlich eingeladen, um die Feiertage hier zu verbringen.« Vielleicht würde Felix mit seinem Cousin darüber reden, seinem Rudel beizubringen, wie man mit Gästen von Bedeutung umging. Als Arik das letzte Mal nach Spanien gekommen war, um Felix' Familie zu sehen, hatten sie wortwörtlich einen roten Teppich auf der Landebahn ausgerollt.

»Warte mal, du bist sein Cousin Icky?«

Felix versteifte sich. »Eigentlich spricht man es Ixy aus.« Ein dämlicher Name, den nur Arik verwendete und der während der Sommer entstanden war, die sie zusammen im Zeltlager verbracht hatten. Es hatte eine

Zeit gegeben, in der sie beste Freunde gewesen waren. Aber dann waren sie erwachsen geworden.

In den letzten zwanzig Jahren hatten sie sich auseinandergelebt und waren einander innerhalb der vergangenen zehn Jahre kaum begegnet. Als Felix Arik zuletzt gesehen hatte, hatte der Mann einen Menschen geheiratet. Eine Friseurin, was Felix bewunderte. Wie schön, eine Frau zu haben, die verstand, wie viel Pflege und Aufwand eine unglaubliche Mähne erforderte.

Gerüchten zufolge war Arik Vater zweier Kinder, ein Junge und ein Mädchen. Felix hatte auch zwei Kreaturen, um die er sich kümmerte. Er nannte den roten Fisch Großer Roter und den blauen Großer Blauer. Leicht auseinanderzuhalten. Wenn er verreiste, benutzte er einen Futterautomat. Endlich hatte er die ganze *Für ein anderes Lebewesen verantwortlich sein* Sache gemeistert. Großer Roter und Großer Blauer hatten gerade die Ein-Jahres-Marke gefeiert. Ein Rekord.

»Ich dachte, du wärst größer«, bemerkte der Wachmann, während er ihn von oben bis unten musterte.

»Ich bin genauso groß wie Arik.« Die Anstrengung, keine Grimasse zu ziehen, bedeutete, dass er später zweimal ein Peeling würde auftragen müssen.

Die zweifelnde Miene des Wachmannes veranlasste ihn beinahe dazu, mit seinen perfekten Zähnen zu knirschen. Angesichts dessen, wie oft im Jahr er zum Zahnarzt ging, waren sie auch besser makellos.

»Ich werde den König anrufen und ihn wissen lassen, dass du hochkommst.«

Eine solche Respektlosigkeit für einen Prinzen. Felix hätte König sein können, wenn er darum gekämpft hätte, aber er hatte zugesehen, wie sein Vater sich durch seine Arbeit ein frühes Grab geschaufelt hatte, und bevor das passierte, hatte die immerwährend finstere Miene dauerhafte Spuren in seinem Gesicht hinterlassen. Das reizte Felix nicht, weshalb er sich, als seine Schwester Interesse zeigte, dafür entschied, nicht darum zu kämpfen. Das wiederum trieb sie in den Wahnsinn, da sie annahm, er wollte ihr den Thron entreißen. Er hatte keinen Plan dieser Art, genoss es jedoch, ihre Paranoia zu schüren.

Sollte sie den Titel der Königin haben. Felix hatte keine Zeit, nicht, wenn er seine wunderschöne Mähne behalten wollte. Es erforderte zu viel Arbeit jeden Tag, sie gesund zu halten. Er konnte jetzt nicht nachlassen, nicht mit dem Wissen, dass sein Vater noch vor dreißig eine Glatze bekommen hatte.

Ein Löwe ohne Mähne. Es war ein Albtraum. Kein Wunder, dass der Mann jung gestorben war. So würde Felix nicht enden.

Sollte seine Schwester die erste unverheiratete Rudelkönigin ganz Spaniens werden. Wie lange sie jedoch Single bleiben würde, veranlasste die Leute zu Wetten. Alle gingen davon aus, dass sie dem Druck nachgeben würde, einen Mann an ihrer Seite zu haben und Erben zu zeugen. Felix konnte es nicht erwarten,

Köpfe explodieren zu sehen, wenn sie feststellten, dass Francesca es vorzog, mit Frauen auszugehen, und bereits mit vor Abneigung zurückgezogener Oberlippe gestanden hatte, dass seine Kinder vermutlich die Erben sein würden, da sie keinerlei Absicht hatte, sich von irgendetwas das Leben aus dem Körper saugen zu lassen. Angesichts Francescas Mangel an mütterlichen Instinkten war das vermutlich zum Besten.

Dennoch könnte ihr Plan, seine Kinder als Erben zu nutzen, nach hinten losgehen, da er noch niemanden gefunden hatte, dem er seinen wertvollen Samen zuteilwerden lassen wollte. Niemanden, der seiner großartigen Mähne würdig war. Niemanden, der ihn über eine Tändelei oder zwei hinaus fesselte.

Francesca hatte die Hoffnung für Felix jedoch noch nicht aufgegeben, genauso wenig wie er. Sicherlich existierte irgendwo eine Frau, die seinen Anforderungen genügen konnte. Der erste wichtige Punkt war, dass sie unglaubliches Haar haben musste. Das war schwierig, aber er hatte ein paar Kandidatinnen mit geeigneter Frisur getroffen. Ein wenig Hilfe von ihm und er hätte annehmbar in umwerfend verwandeln können.

Aber warum sollte er sich die Mühe machen, wenn die meisten nie seine zweite Voraussetzung erfüllten? Den Anforderungen seiner Mutter genügen. Nur gewisse Abstammungslinien wurden akzeptiert.

Der Wachmann brachte ihn in einen Aufzug und drückte die Taste für das Penthouse. Während sie nach oben schossen, ging er geistig weiter seine Liste durch. Musste einen hervorragenden Käsegeschmack haben. Nichts von diesem stark verarbeiteten, orangefarbenen Mist. Eine Kennerin von Designerkleidung. Er hatte immerhin ein Image aufrechtzuerhalten. Sie sollte entweder wissen, wie man gute Mahlzeiten kochte, oder Qualität erkennen und sie liefern lassen. Die richtige Ernährung trug viel dazu bei, dass seine goldenen Haare üppig blieben.

Der Aufzug blieb stehen und Felix strich seinen Anzug glatt, fuhr sich mit den Fingern durch die perfekt geschnittene Frisur und klopfte an die Tür, wobei er für die Türkamera besonders lässig dreinblickte.

Sein Cousin öffnete lächelnd die Tür. »Ixy! Es ist zu lange her.« Arik breitete die Arme aus und umarmte ihn voller Begeisterung. Es gab Felix die Gelegenheit, an seiner Kopfhaut zu riechen. Ein Hauch von Apfelkuchen, sehr amerikanisch. Ein wenig Vanille. Vielleicht ein Anflug von Lavendel.

Arik zog sich zurück. »Gefällt es dir? Das ist meine neue Linie aus Shampoo und Spülung. Ich nenne es die Löwen-Grundlagen.«

»Es ist schlicht. Ich nehme an, du vermarktest es als deine günstige Linie.«

Arik grinste. »Tatsächlich ist es die teuerste. Die Welt befindet sich in einer Zeit des Überangebots, was bedeutet, dass die Leute mehr bezahlen werden, um zurück zum Wesentlichen zu kommen. Was du sehr wohl weißt.«

»Wir veröffentlichen bald unsere bisher einfachste Duftlinie«, gestand Felix. Während Arik sein Vermögen überwiegend mit Haarprodukten verdiente, waren die Charlemagnes berühmte Parfümeure, die auch begonnen hatten, sich mit Körpersprays und Lotionen zu beschäftigen.

»Ich muss sagen, ich freue mich auf unser anstehendes gemeinsames Projekt. Ich weiß nicht, warum wir so lange gebraucht haben, um zusammenzuarbeiten.« Das Unternehmen war eine Mischung des Duft-Fachwissens der Charlemagnes und Ariks Firma mit Seife, um eine revolutionäre und teure Linie an Pflegeprodukten zu erschaffen. »Aber es ist zu früh, um über das Geschäftliche zu reden. Es ist zu lange her, Cousin.«

»Das ist es.« Die ehrliche Wahrheit? Arik zu sehen brachte Erinnerungen an eine entspanntere Zeit in seinem Leben zurück. »Es scheint dir gut ergangen zu sein.« Im Gegensatz zu Leo mit seiner wohlgenährten Wampe war Arik weiterhin fit und sein Haar einfach großartig.

»Ich könnte nicht glücklicher sein. Du solltest diese Sache mit der Gefährtin versuchen. Es ist fantastisch.«

Allein der Gedanke sorgte dafür, dass Felix' Haare sich lockten. Igitt. Er wechselte schnell das Thema. »Wo ist der Nachwuchs? Ich würde gern –«

Ein tasmanischer Teufel kam aus dem Nichts geschossen und landete mit einem Kichern auf Felix' Schultern, während ein etwas ernsteres Kind erschien, die pummeligen Arme in die Luft gestreckt. Als könnte Felix es verwehren. Er nahm das Mädchen hoch, während der Junge auf seinen Schultern sitzen blieb.

Arik strahlte. »Das sind Leda und Dale.«

Wunderschöne Kinder. Beide mit goldenem Haar. Der Junge trug drei gesegnete Haarwirbel auf dem Kopf. Das führte dazu, dass der betrunkene Felix später rief: »Er hat perfekte Haare. Die haben sie beide. Aber dieses Mädchen ... sie wird viele Herzen brechen.« Sie hatte sich an Felix geklammert und ihn als hübsch bezeichnet. Guter Geschmack für ein so junges Ding.

»Ich bin ein Glückspilz«, erwiderte Arik selbstgefällig.

»Das bist du tatsächlich.«

»Dafür muss ich Kira danken. Wer hätte gedacht, dass ein Missgeschick beim Friseur dazu führen würde, dass ich Ehemann und Vater werde.« Fragliche Frau hatte die Männer allein gelassen, damit sie in Erinnerungen schwelgen konnten, während sie die Kinder badete und ins Bett brachte.

»Ah, die reizende Kira. Du hast ein solches Glück.« Felix seufzte. »Für einen Menschen ist sie ziemlich perfekt. Ihre Haare, ihr Verhalten, ihr Lachen.«

»Vorsichtig, Ixy«, warnte Arik.

»Keine Angst, Cousin. Das würde ich nie tun. Aber ich muss sagen, dich mit deiner Brut zu sehen ist inspirierend, auch wenn ich fürchte, dass es unmöglich ist.«

»Du wirst auch die richtige Person finden, Ixy.«

»Leider, lieber Cousin, wäre dafür ein Weihnachtswunder nötig.« Da bis Weihnachten nur noch zehn Tage blieben, war es unwahrscheinlich.

Kapitel Zwei
AM DRITTEN BÄRNACHTSTAGE SCHENKTE MEIN LIEBSTER MIR - NICHTS, WEIL ICH NICHT MIT DEM WOLF ZUSAMMEN BIN, DER ES LUSTIG FINDET, MICH ZU FRAGEN, OB ICH MIT DEM BÄREN AUF DER TOILETTENPAPIERVERPACKUNG VERWANDT BIN.

»Frohe Bärnachten!«, rief Edwina, als die vielen Fahrzeuge anhielten, aus denen scharenweise Löwen ausstiegen, die wie jedes Jahr gekommen waren, um Bäume auszusuchen. Es brachte sie beinahe zum Niesen, so viele Katzen in direkter Nähe zu haben. Dieses Problem hatte sie nie mit den Wölfen, aber gleichzeitig waren die Wölfe im Vergleich zu den Katzen geizig, da sie immer versuchten, einen niedrigeren Preis zu verhandeln.

»Und dir auch frohe Weihnachten«, verkündete Luna, die mit dem Bauch voran herüberwatschelte. So viele der Schlampen hatten in den letzten Jahren eine Familie gegründet. Es weckte ein wenig Neid in Edwina, sie mit den Jungen zu sehen. Sie hatte immer einen kuscheligen kleinen Racker gewollt, den sie umarmen, drücken und Klein Eddy nennen konnte. Leider war ihr noch nicht der bär-fekte Partner begegnet.

»Du siehst aus, als würdest du bald platzen!«, sagte Edwina, während sie den runden Bauch musterte.

»Weil der errechnete Termin vor zwei Tagen war. Es weigert sich herauszukommen.« Luna funkelte die Kugel an, die zur Antwort wackelte.

»Ich nehme an, du kennst das Geschlecht noch nicht?«

»Nein. Der kleine Lümmel hat die Beine fest zusammengeklemmt, sodass wir während des Ultraschalls nichts sehen konnten. Aber genug über meinen sturen Fötus. Es tat mir leid, von deinem Großvater zu hören.« Luna zog die Mundwinkel nach unten.

Edwina zuckte die Achseln. »Ich schätze, es war nur eine Frage der Zeit. Allerdings, solange wie er es ausgehalten hat, hatte ich schon gedacht, er würde ewig mit mir zusammenleben. Aber dann hat er diese Witwe in Florida kennengelernt, während er meine Eltern besucht hat, und ... na ja ... du kannst es dir denken.«

»Er hat sich schließlich in einen Himalayabären verwandelt«, bedauerte Luna.

»Ich schätze nicht, dass du sie dazu bringen könntest, meine Mutter zu einem Besuch einzuladen«, warf Nexxie ein, die mitgehört hatte. Sie hatte die Zahl ihrer Piercings erhöht, seit Edwina sie zuletzt gesehen hatte, und trug nun auch eines in der Zunge.

»Kannst du damit umgehen, mehr als sechs Monate jedes Jahr verwaist zu sein?«, fragte Edwina.

»Schön wär's!«, schwärmte Nexxie, während sie die Finger überkreuzte und im Gebet zum Himmel blickte.

In gewisser Hinsicht hatte Nexxie recht. Edwina genoss es, keinen alten, grantigen Bären bei sich zu haben, der sich darüber beschwerte, dass sie in einer Kühltruhe lebte. Zu ihrer Verteidigung, niemand sollte sein Haus auf neunundzwanzig Grad heizen müssen.

Niemand.

Ihr Großvater murrte ebenfalls, wenn sie die Fernbedienung berührte, ungeachtet der Tatsache, dass er zwei Minuten, nachdem er sich zum Fernsehen hingesetzt hatte, zu schnarchen begann. Dann war da die Angewohnheit, seine Altmänner-Unterhosen auf dem Badezimmerboden zurückzulassen, mit braunen Flecken, von denen er behauptete, sie seien nicht von ihm. Er gab nicht den besten Mitbewohner ab, besonders nicht, nachdem ihre Eltern weggezogen waren.

Zwei weitere Leute, die sie vermisste und es doch nicht tat. Auch wenn sie Mom und Dad innig liebte, war sie froh gewesen, als sie sich entschlossen hatten, den Großteil ihrer Zeit woanders zu verbringen. Irgendwann Ende fünfzig hatten ihre Eltern plötzlich entschieden, dass sie wieder attraktive Jungspunde waren. Sie liefen einander hinterher. Kicherten. Verbrachten mehr Zeit nackt als bekleidet. Edwina bräuchte vielleicht eine Therapie aufgrund all der

Dinge, die sie gesehen hatte. Es war ein Wunder, dass sie nicht erblindet war.

Gut, dass sie wusste, dass Mütter und Väter keinen Sex hatten. Edwina war unbefleckt gezeugt worden. Was sie sah? Sicherlich eine Halluzination. Daddy versohlte Mommy nur den Hintern, weil sie ungezogen war.

Schluchz.

»Es ist friedlich, seit Opa gegangen ist.« Zu friedlich. Es führte dazu, dass Edwina auf der Couch gedanklich abschaltete, sich ein wenig zu sehr an den Süßigkeiten bediente und dann benommen dalag. Aber die gute Neuigkeit war, dass sie immer die Fernbedienung bekam.

»Wo melde ich mich an?« Nexxie rieb sich freudig die Hände.

Edwina lachte. »Es ist einfach. Gib deiner Mutter einfach eine Karte, um sie zu besuchen.«

»Was, wenn sie nicht gehen will?«

»Oh, das wird sie, denn sie wird nicht nur der eisigen Kälte des Winters entfliehen, sondern du wirst dich ihr anschließen.«

»Warum sollte ich das tun?«

»Um sicherzugehen, dass sie an der richtigen Stelle landet.« Im Falle ihrer Eltern hatte Edwina das knutschende Paar in einer Erwachsenengemeinde abgesetzt, wohin einige ihrer Freunde während des Winters flohen. »Und sobald die Familie dort unten Fuß fasst, weißt du, was das für dich bedeutet?«

Es dauerte einen Moment, aber schließlich wurden Nexxies Augen groß. »Ich könnte ins RudelLand gehen, wann immer ich will!«

Das RudelLand war ein neuer Vergnügungspark, der nicht nur Achterbahnen und andere wilde Fahrgeschäfte bot, sondern auch ein Tierreservat hatte. Für Löwen. Ein entspannender Spa-Rückzugsort für den Tierliebhaber.

»Sprich diesen Namen nicht aus«, grummelte Luna. »Joel droht bereits mit Familien-Autoreisen und erinnerungswürdigen Abenteuern, sobald das Baby alt genug ist.«

»Ihr könnt die nächsten Löwenwolds werden.« Nexxie legte die Hände zusammen. »Ich kann es nicht erwarten, eure Eskapaden auf der großen Leinwand im Kinoraum zu sehen.«

»Niemand wird mich aufzeichnen.« Luna funkelte das jüngere Mädchen an. »Das meine ich so.«

»Das sagst du jetzt, aber«, Nexxie umfasste Lunas Wangen, »du wirst bald Mutter, und ich habe bereits gewettet, dass du diejenige sein wirst, die jeden einzelnen Moment auf Video aufnimmt. Dann zwingst du uns, es uns anzusehen, während du uns von der vollen Windel erzählst, die beinahe zum Nuklearunfall geworden wäre.«

»Nimm das zurück!«, drohte Luna, die mit einem Finger vor Nexxies Gesicht wackelte.

»Oder was? Wirst du mich mit deinem riesigen Bauch umhauen? Du bist hormongesteuert, Schwangerchen«, neckte Nexxie, woraufhin Luna brüllte, bevor sie losstürzte. Mithilfe einer Ausweichtaktik lief das Mädchen davon, mit einer watschelnden Luna dahinter, die mit einer Faust drohte.

Edwina blinzelte. Die hochschwangere Luna zu ärgern schien ein wenig viel zu sein, selbst für die Löwen.

Reba näherte sich kopfschüttelnd. »Arme Luna. Sie will so sehr, dass ihr Baby rauskommt. Gestern Abend hat sie eine so scharfe Mahlzeit gegessen, es ist ein Wunder, dass sie noch am Leben ist. Der arme Joel hat sich bei allen Jungs darüber beschwert, wie wund sein Schwanz sei, und irgendetwas davon erzählt, dass sie dem Sex den ganzen Spaß nimmt.«

»Sex?«, fragte Edwina. »Ich bin überrascht, dass sie in Stimmung ist.«

»Angeblich soll es dabei helfen, die Wehen auszulösen. Heute treibt sie Sport.«

»Warum macht sie sich die Mühe mit alledem? Sie braucht nur ein wenig von meinem speziellen Honig ›O‹.«

Reba runzelte die Stirn. »Wie soll das Essen von Honig helfen?«

»Er kommt nicht in ihren Mund«, erwiderte Edwina.

»Wohin dann? Auf ihren Bauch?«

»Tiefer.«

»Oh ... *Oh*.« Ein Räuspern, dann zögerlich: »Was macht er?«

»Intensiver Orgasmus. Genug, um die Gebärmutter zusammenzuziehen und die Dinge ins Laufen zu bringen.«

Reba starrte sie an. »Äh, hast du Orgasmus gesagt?«

»Für gewöhnlich mehrere.«

»Und funktioniert das nur bei Frauen?«

»Auch bei Männern. Er ist sehr vielseitig.« Da er essbar und leicht abzuwaschen war, war es eine biologische Lösung, von der nicht viele wussten.

»Ich gehe nicht davon aus, dass du ihn verkaufst?«

»Tatsächlich habe ich ein paar kleine Gläser.« Aufgrund des Herstellungsprozesses des speziellen Honigs hatte sie nie einen großen Bestand davon. Edwina nannte einen dreistelligen Betrag und die Löwin blinzelte nicht einmal, als sie ihre Kreditkarte überreichte. »Ich nehme eins. Nicht für mich«, fügte sie schnell hinzu.

»Warum nicht?«

»Weil der Sex mit meinem Gefährten bereits unglaublich ist.«

»Sieh es mehr als Steigerung.«

Reba zog eine Augenbraue hoch. »Weißt du was, mach zwei draus.«

»Er wird bereit sein, wenn ihr geht, was ihr besser nicht verzögern solltet. Da zieht ein Sturm auf.« Es würde nicht lange dauern, bis sich der helle Sonnenschein in Schatten verwandelte. Eine dunkle Wolke hing am Horizont. »Hol dir besser eine Axt und fang an zu fällen.«

»Dämliche Tradition. Ich verstehe nicht, warum wir nicht einfach einen schon gefällten Baum kaufen können«, grummelte Reba.

»Wenn du dir die Mühe sparen willst, habe ich ein paar, die schon fertig sind«, erinnerte Edwina sie, wobei sie mit einer Hand nach links deutete, um darauf zu zeigen.

Rebas Grinsen offenbarte strahlend weiße Zähne, als sie antwortete: »Okay, ich habe gelogen. Ich glaube, wir alle lieben die Gelegenheit, eine Klinge zu schwingen.«

»Ich weiß. Und warte, bis du die Äxte gesehen hast, die ich extra für diese Saison bestellt habe.«

Als jemand quietschte: »Oh mein verdammter Gott, sie sind pink«, wurden Rebas Augen groß.

»Verdammt. Das hast du nicht getan.«

Edwina grinste. »Habe ich. Es war an der Zeit, dass wir den alten Bestand ersetzen, also habe ich neue bestellt. Es gibt sogar eine glitzernde Klinge.« Edwina mochte vielleicht eine Baumschule und Imkerei betreiben, aber sie kannte ihren Markt. Das jährliche Baumfällen der Löwinnen brachte großes Geld ein. Die Geldwäsche, die sie für das Rudel betrieb, hielt ihren Hobbybetrieb mehr als nur über Wasser. Sie bekam einen Anteil, sie wuschen ein paar Dollar, die durch ihre legalen Geschäfte nicht durchgingen, und alle waren glücklich.

»Sag es nicht meinem Mann, aber ich glaube, ich liebe dich.« Reba umarmte Edwina schnell, bevor sie herumwirbelte, um zu brüllen: »Fasst die funkelnde Axt an und sterbt, Schlampen!«

Da hatte sich jemand nicht verändert.

Edwina verbarg ein Lächeln, als Reba davonmarschierte, um ihre glitzernde Axt zu holen.

Joan nahm ihren Platz ein. »Hallo, meine Schöne. Ich schätze, du bist seit letztem Jahr nicht bi geworden?« Die sportliche Löwin schenkte ihr ein hoffnungsvolles Grinsen.

»Was soll ich sagen? Ich bin immer noch Hartholzliebhaberhin.« Auch wenn das Hartholz, das sie in letzter Zeit bekommen hatte, nicht wirklich zufriedenstellend war. In ihrem reifen Alter von siebenunddreißig hatte sie begonnen, sich zu fragen, ob sie darüber nachdenken sollte, ihren Horizont zu erweitern.

»Schade. Aber du weißt, wo ich bin, wenn du es dir anders überlegst.« Joan zwinkerte.

Edwina errötete beinahe. »Wie viele Bäume braucht ihr dieses Jahr?«

»So viele, wie wir für die Wohnungen einladen können, außerdem brauchen wir eine Bestie für die Empfangshalle.«

»Da habe ich genau das Richtige«, erwiderte Edwina, blinzelte jedoch, als vier Leute zu Fuß auf den Hof gestapft kamen. Die Zwillinge, Teena und Meena, stolperten bei einem Wettrennen auf das

Gelände. Hinter den Zwillingen war Melly, die so lebhaft und fröhlich wie immer aussah, jedoch von einer seltsam gekleideten Person begleitet wurde. Derjenige trug eine Sonnenbrille, einen schicken Hut mit breiter Krempe, einen langen marineblauen Mantel, Stiefel, die nicht einmal zwei Zentimeter Schnee überleben würden, und Handschuhe, die die Kälte vermutlich noch schlimmer machten. »Wer zum Teufel ist das?«

Joan grinste. »Felix, Ariks Cousin. Irgendeine Art von Prinz aus dem Ausland. Gestern angekommen. Er hat gehört, dass wir Bäume aussuchen, und hat darauf bestanden zu helfen. Ich kann es ihm nicht verübeln, da seine andere Option darin bestand, mit Arik auf einen Kinderspielplatz zu gehen, weil sein Junge zu einer Party eingeladen wurde. Da würde ich auch lieber Bäume fällen.«

Edwina warf ihm einen skeptischen Blick zu, während er sich vorsichtig über das zerfurchte Eis und den Schneematsch bewegte. »Ich glaube nicht, dass er in diesem Aufzug wirklich nützlich sein wird.«

»Als bräuchten wir ihn oder irgendeinen Mann, um Holz zu hacken. Hallo, ich habe es schon seit langer Zeit mit Hartholz zu tun«, schnurrte Reba voller Anspielung, als sie mit ihrer glitzernden Axt zurückkam. Sie schwang sie und ließ die Glitzersteine das Licht einfangen.

»Er wird in diesen Klamotten erfrieren«, murmelte Edwina.

»Wenn es ein Trost ist, unter dem Mist ist er eigentlich ganz hübsch.« Das musste er sein, da Joan diejenige war, die die Bemerkung von sich gab.

Edwina rümpfte die Nase. »Ich ziehe nützlich hübsch vor, danke.«

»Apropos hübsch ...«, schnurrte Joan.

Edwina grinste. »Ich habe es nicht vergessen. Ich habe deine neue Axt nur nicht zu den anderen gelegt. Deine ist neben der Tür zu meinem Haus.« Eine Axt, die Joan speziell bestellt und als Geschenk geschickt hatte, mit nur einem Vorbehalt: *Während unseres Baum-Tages gehört sie mir.*

Die Axt, maßgefertigt von einem Schmied, hatte eine geheime Legierung, die dafür sorgte, dass die Klinge niemals rostete oder stumpf wurde. Mit einem kräftigen Schlag konnte sie durch alles hindurchschneiden. Edwina hatte darauf gewartet, dass Joan das erste Mal damit ausholte, da sie sie gekauft hatte, bevor sie sie selbst benutzte.

Als Reba und Joan von dannen zogen, nahm Melly ihren Platz ein.

»Kann ich mir dein Handy leihen? Meins ist hinüber.« Melly schüttelte ihr Handy in ihre Richtung. »Ich muss einen Abschleppwagen rufen. Unser Wagen ist anderthalb Kilometer die Straße runter liegen geblieben. Als wäre er von einem Blitz getroffen worden. Die ganze Elektronik, unsere Telefone eingeschlossen, war tot.«

Sie zog eine Augenbraue hoch. »Wie zur Hölle habt ihr das geschafft?«

Melly zuckte die Achseln. »Die Schuld liegt bei seiner Hoheit, weil er sich eingesprüht hat. Ich glaube, er hat vielleicht die Elektronik vernebelt. Dann hatte er die Frechheit, sich zu beschweren, weil wir das restliche Stück gehen mussten. Warte, bis er herausfindet, dass er sich für den Rückweg eine andere Mitfahrgelegenheit suchen muss, wo er zerquetscht wird.« Sie kicherte.

»Nimm mein Handy«, bot Edwina an, die ihr bereits entsperrtes Telefon ausstreckte.

»Danke.« Als Melly zur Seite ging, um einen Abschleppwagen zu rufen, begab sich der Prinz zu ihr, wobei er aus der Nähe lächerlich aussah und nach Lotion roch. Aufgrund der übergroßen Brille, des tief gezogenen Hutes und des hochgeschlagenen Kragens war nur wenig seines Gesichts zu sehen.

»Die Dame.« Er deutete eine halbe Verbeugung an.

Sie zog eine Augenbraue hoch. »Kann ich dir helfen?«

»Ich bin Felix Charlemagne, Ariks Cousin, und während der Feiertage zu Besuch.«

»Schön für dich.«

»Wir brauchen Bäume.«

»Und?«

»Bist du nicht die Verkäuferin?«, erwiderte er. »Zeig mir deine Waren.«

Herrisches Arschloch. Sie streckte einen Finger aus. »Da drüben sind ein paar bereits gefällte Bäume.«

Er sah hin. »Ich glaube nicht, dass das reicht.«

»Das tut es nicht.«

»Nun?«

»Nun, was?«

»Wir brauchen mehr Bäume.«

»Ich weiß. Genau wie sie.« Edwina deutete auf die Frauen, die sich in das Wäldchen begaben. »Was denkst du, wozu die Äxte sind?«

Er drehte sich, um die Löwinnen zu mustern, wie sie durch die ordentlichen Baumreihen schlenderten.

»Fantastisch. Frisch gefällt. Großartige Idee, aber ich fürchte, dass ich nicht passend gekleidet bin, um durch den Wald zu stapfen.«

»Da hast du recht. Das bist du nicht.« Wenigstens bemerkte er es. Vielleicht hatte er es sogar absichtlich getan, damit er sich nicht anstrengen musste.

»Es ist kalt. Ich schätze nicht, dass du ein Büro hast, in dem ich mich aufwärmen kann?«

»Nein.«

»Wie steht es um einen Laden? Ich habe gehört, dass du auch Honig verkaufst.«

»Ich verkaufe Honig, aber ich habe keinen Laden«, antwortete sie, als sie wegging, auf dem Weg zum Baumbestand ihres Grundstückes.

Er schloss sich ihr an. »Es heißt, dein Honig hätte bemerkenswerte Eigenschaften.«

»Wenn du das sagst.« Sie wusste es besser, als einem Fremden gegenüber zu viel zu sagen.

»Meine Mutter hat gesagt, ich soll welchen kaufen.«

»Dann solltest du das vielleicht tun.«

»Da du keinen Laden hast, hast du eine Webseite? Ich habe versucht, dich zu recherchieren, habe aber nichts anderes als einen Geschäftseintrag für die Honey Pine Farm gefunden.«

»Ich brauche weder Webseite noch Laden.«

Zu seiner Verteidigung, sie konnte zwar die Verärgerung in seinem Tonfall hören, aber sein Gesicht blieb regungslos. »Wie willst du Käufer anziehen?«

»Ich habe genügend Kunden.« Sie verkaufte ihr Zeug auf spezielle Bestellung.

»Was, wenn ich davon kaufen will?«

»Ich werde darüber nachdenken.«

Als seine Kinnlade herunterklappte, wandte sie sich von dem Prinzen ab und ging weg. Sie schnappte sich ein Seil für ihren Schlitten, der knallrot und vorn auf dem Rasen geparkt war. Früher wurde dieses Gefährt von Pferden gezogen. Jetzt wickelte Edwina das Seil um ihren Oberkörper. Wenigstens war der Schlitten leicht und die Kufen würden über die vereisten Spuren gleiten.

»Wohin gehst du damit?«, fragte seine königliche Nervensäge, als sie an einigen der Rudel-Damen vorbeistapfte, die ein paar einfache Bäume für den Hausgebrauch fällten. Edwina gab Reba ein Signal, die fröhlich ihre brandneue scharfe Waffe genutzt hatte, um einen fast zwei Meter großen Baum zu Fall zu bringen.

»Kommst du mit, um den großen zu holen?«, brüllte Edwina.

»Scheiße, ja.« Reba packte Joan und schloss sich Edwina an. Die drei sollten reichen, um einen großen Baum zurückzuschleppen, denn sie bezweifelte, dass der hinterhertrottende Prinz wirklich nützlich sein würde. Bisher war er nur gut darin gewesen zu schwadronieren.

»Gehen wir weit?«, fragte er hinter dem Schlitten, während Reba und Joan vorausgingen, um die potenzielle Beute auszukundschaften.

»Jup.« Die älteren Teile ihres Waldes waren der Ort, an dem sie ein Exemplar finden würden, das groß genug wäre, um sie zufriedenzustellen.

»Wird es lange dauern? Das Wetter scheint unangenehm zu werden.«

»Jup.« Dann wiederholte sie: »Es zieht ein Sturm auf.«

»Ist es klug weiterzugehen?« Der Prinz hörte mit seinem Gequatsche einfach nicht auf.

»Wenn du Angst hast, kannst du umdrehen.«

»Keine Angst«, grummelte er. »Nur gesunder Menschenverstand. Leute gehen in Stürmen verloren.«

»Keine Angst, Prinz, dir wird nichts passieren, oder hast du Angst, Schnee in die Haare zu bekommen?«, spottete sie.

»Ich frage mich eher, ob ich Erfrierungen bekomme. Niemand hat mich gewarnt, dass es so kalt sein würde.«

»Es ist Winter.«

»Das ist mir nicht aufgefallen«, erwiderte er sarkastisch.

»Warum bist du hier, wenn das nicht dein Ding ist?«

»Weil es interessant klang. Einen Baum aussuchen. Diesen Honig probieren, von dem ich gehört habe. Dekorieren, während ich cremigen Eierpunsch trinke.«

»Wenn es für deine kleinen verhätschelten Füße zu viel ist, kannst du jederzeit zur Farm zurückkehren und warten.«

»Meine Füße sind nicht klein.«

»Schade, dass dein Ego es nicht ist.«

»Es ist nichts falsch daran, selbstbewusst zu sein«, erwiderte er, während er seine Brille abnahm, da es im Wald dunkel zu werden begann.

Joan hatte recht. Er war hübsch.

Aber dennoch nicht ihr Typ. »Bist du lange zu Besuch?«

»Das kommt darauf an, wie mein Geschäft läuft. Arik und ich wollen unsere Talente miteinander verbinden, um neue Produkte zu schaffen. Würde dich etwas dieser Art mit deinem Honig interessieren?«

»Nein.«

»Du hast mich nicht einmal einen Vorschlag machen lassen.«

»Weil ich nicht interessiert bin. Ich habe bereits genügend Arbeit, ohne mich mit irgendwelchen hochnäsigen Prinzen einzulassen, um überteuerten Mist zu produzieren.«

»Die Parfüms und Lotionen von Charlemagne sind hochwertige Produkte.«

»Schön für dich.«

»Du bist sehr stur.«

Sie hielt inne, um ihn mit hochgezogener Augenbraue anzusehen. »Danke.« Sie stapfte weiter und er seufzte.

»Ist es noch viel weiter? Meine Füße sind gefroren.«

»Das wird vermutlich auch nicht besser werden, da wir noch nicht da sind. Sobald wir es sind, müssen wir den Baum fällen, aufladen und zur Farm bringen.«

Er musterte seine Füße. Seine Schuhe waren aus steifem Leder, das vermutlich weder die Kälte noch die Nässe abhielt. »Ich glaube, es wäre vielleicht am besten, wenn ich umdrehe.«

»Und tschüss«, murmelte sie und beachtete ihn nicht weiter, während sie dem Gelächter und den dumpfen Geräuschen folgte, als eine Axt auf einen Baumstamm traf.

Sie fand Reba und Joan, die abwechselnd auf ein nettes dreieinhalb Meter großes Exemplar einhieben. Während sie schnell arbeiteten und das Holz bearbeiteten, bereitete sie den Schlitten für das Aufladen vor. Sie wollte keine Zeit verschwenden, sobald der Baum fiel. Seit ihrem Aufbruch war es wesentlich dunkler geworden, da der Sturm schneller heranzog als erwartet. Sie würden sich auf dem Rückweg beeilen müssen. Sie wollte nicht, dass jemand draußen war, wenn der Sturm kam.

»Baum fällt!«, rief Reba, als der Baum umstürzte und für kurze Zeit Schnee durch die Luft wirbelte. Sie schnallten ihn schnell auf den Schlitten, dann begannen die drei Frauen, ihren Preis hinter sich her zu ziehen, wobei sie schief sangen.

»*OH TANNENBAUM, OH TANNENBAUM,*
　wie schön bist du zum Kratzen!
　Oh Tannenbaum, oh Tannenbaum,
　einfach perfekt für Katzen.«

Kapitel Drei
AM ABEND DES VIERTEN
WEIHNACHSTAGES SCHENKTE EIN
MÜRRISCHER BÄR MIR - NICHTS.
NICHT EINMAL ANERKENNUNG FÜR
DIE MÄHNE.

Das Wetter schlug schnell um, und wenn Felix dachte, er hätte beim Aussteigen aus dem warmen Geländewagen gezittert, als dieser liegen blieb, war das nichts im Vergleich zu jetzt. Es war eisig. Warum entschied sich jemand, hier zu leben? Und was stellte das Wetter mit seinem Haar an?

Er stapfte den Weg zurück zur Farm, wobei er sich wünschte, seine Mutter hätte ihn für seine Geschäfte an einen warmen Ort geschickt. Der wahre Fehler war allerdings gewesen, seine Hilfe beim Aussuchen der Bäume anzubieten. Zu seiner Verteidigung, er hatte angenommen, es wäre einfach. Zu einer Baumschule fahren. Auf einen Baum zeigen. Besagten Baum mit nach Hause nehmen.

Nicht einmal annähernd. Die Begeisterung, mit der die Löwinnen die Äxte schwangen, löste in ihm einen Moment der Sorge aus. Eine falsche Bewegung ...

Anstatt *Weiche den schwingenden Klingen aus* zu spielen, hatte er sich entschieden, sich an die Farmbesitzerin zu halten. Edwina Barkley. Braunbär-Gestaltwandlerin Ende zwanzig, zumindest ihrer faltenfreien Haut nach zu urteilen. Ihr gehörte nicht nur die Farm, sie führte sie auch so gut wie allein.

Eine bewundernswerte Frau, und sie hatte Felix angesehen und ihn als verwöhnten Prinzen abgestempelt. Nicht ganz falsch. Es passte Felix, dass die Leute ihn unterschätzten. Ja, er legte großen Wert auf sein Aussehen, aber das machte ihn weder nutzlos noch dumm.

Aber sie hatte nicht hinter sein Aussehen geblickt, bevor sie ihn als unwürdig abgetan hatte, wohingegen er sie angesehen und eine starke Frau erkannt hatte. Und in dieser kräftigen Natur sah er auch ihre Schönheit. Wie viele ihrer Art hatte sie breite Hüften und eine großzügige Brust. Üppig, aber nicht fett. Grobknochig und stark. Ihr Körper wirkte gesund, aber über ihre Haare, die zu strengen Zöpfen geflochten waren, konnte er nichts sagen. Er wusste jedoch, dass sie mit ihm auf Augenhöhe war.

Und kein einziges Mal hatte sie zurückgeblickt, als er verkündet hatte, dass er umdrehte. Das wusste er, weil er immer wieder nachgesehen hatte.

Allein war er zurück in die Richtung gestapft, aus der sie gekommen waren – zumindest vermutete er das. Die klirrend kalte Luft tötete jeglichen Duft, genau wie die Lotion, die er aufgetragen hatte, um seine Haut vor Rissen zu bewahren.

Ein Aufblitzen von Rot abseits des Trampelpfades fiel ihm ins Auge. Vermutlich eine der Frauen aus Ariks Rudel, die mit ihm spielte. Sie hatten ihren Namen gut gewählt. Schlampen. Sie verkörperten den Begriff *Göre*. Er konnte vermutlich mit einem Schneeball gegen den Kopf oder sogar einem Angriff von oben rechnen. Das hatten sie heute bereits einmal mit ihm getan.

Im Wohngebäude hatte er sich dazu entschieden, die Treppe zu nehmen, um dem überfüllten Aufzug zu entgehen, nur damit ihm die Haare zerzaust wurden, als eine Löwin das Geländer hinunterrutschte und im Vorbeifliegen mit der Hand durch seine Frisur fuhr. Gut, dass er einen Notfallkamm in seiner Tasche hatte.

Das leise Fallen von Schneeflocken lenkte seine Aufmerksamkeit auf die Tatsache, dass die Wolken näher gezogen waren und begonnen hatten, ihren Inhalt zu leeren. Es bedeutete, dass er keine Sonne hatte, von der er sich leiten lassen konnte, nicht einmal GPS, da sein Handy zusammen mit dem Geländewagen seinen Dienst versagt hatte – ein Teil des mysteriösen Elektronikausfalls. Sicherlich war es nur ein Zufall, dass alles plötzlich vibrierte und den Geist aufgab, als er seine Haut mit einem Schutz besprüht hatte, der sich noch in der Testphase befand. Vielleicht sollte er sich damit noch etwas eingängiger beschäftigen, bevor er es für die Massenproduktion freigab.

Der Wald wirkte tiefer und dunkler als der, durch den gekommen zu sein er sich erinnerte. Es ließ das flüchtige Aufflackern von Rot, das er entdeckte, intensiver wirken. Jemand verfolgte ihn. Hatte sein Cousin eine der Löwinnen als Wache geschickt? Oder konnte das etwas Ruchloseres sein? Immerhin besaß die Familie Charlemagne Reichtum und Einfluss.

Felix duckte sich hinter einen Baum und ging dann im Zickzack zwischen ihnen hindurch, während der fallende Schnee dichter wurde. Wie lange war es her, seit er Edwina verlassen hatte? Wie weit war er noch von der Farm entfernt?

Unter den Ästen eines riesigen Baumes mit dickem Stamm blieb er einen Moment lang stehen, lauschte und tat sein Bestes, seinen frostigen Atem zu verbergen. Der Schnee fiel stark und verdeckte seine Spuren, was ihm Sorge machte. Was, wenn er seinen Weg zurückverfolgen musste?

Plumps.

Etwas fiel und prallte von seinem Kopf ab. Er rieb sich den Scheitel und blickte nach oben – gerade rechtzeitig, um ein Gesicht voll Schnee abzubekommen.

Der Schock der Kälte ließ ihn nach Luft schnappen und schreien. »Ahh. Igitt. Bah.« Zugegeben, der Winter war nicht seine Jahreszeit.

Ein etwas vorsichtiger Blick nach oben zeigte weiteren Schnee, der zu fallen drohte. Mit Absicht, wie er feststellte, als er einen Anflug von Rot entdeckte. Aha. Jetzt hatte er seinen Verfolger.

Er sprang auf den niedrigsten Ast und hörte ihn knarzen. Nicht dass er sonderlich darauf achtete, da ihn noch mehr des kalten Zeugs traf. Er schüttelte den Kopf, wodurch Schnee und Schneematsch davongeschleudert wurden, und musterte die vielen Äste über sich. Die vielen einander überkreuzenden Äste, die noch immer voller Nadeln waren, bildeten ein Netz, das Schnee festhielt und den Übeltäter verbarg.

Felix mochte ein Prinz sein, aber er war körperlich fit. Er zog sich auf den ersten dicken Ast. Von oben kam weiterer Schnee, und auch wenn er sein Bestes tat, ihm auszuweichen, indem er den Kopf neigte, landete dennoch ein Teil davon zwischen seinem Nacken und dem Kragen seines Mantels. Kalt. So kalt auf seiner Haut.

Ein Rascheln von Zweigen, als sich etwas hindurchbewegte, veranlasste ihn zu schreien: »Wer ist da? Hat mein Cousin dich geschickt?« Durch die zunehmende Dunkelheit konnte er nicht viel sehen.

Knarz. Knack. Die Antwort auf seine Frage kam als Beweis, dass sich jemand den Baum mit ihm teilte. Eine der Schlampen hatte sich offenbar mit ihm angelegt.

Nicht sehr einladend. Ein Prinz sollte vor dem Feuer umsorgt und gefüttert werden, nicht in der Kälte frieren und verspottet werden.

Er ließ sich aus dem Baum gleiten und schnaubte:

»Du hattest deine Unterhaltung. Es ist Zeit, zur Farm zurückzukehren.«

Die Äste bebten, bevor sie noch mehr Schnee abgaben.

Diesmal schaffte er es, trocken zu bleiben. Ha. Er stemmte die Hände in die Hüften. »Genug von deinen Winterspielen. Zeig dich.«

Er erwartete nicht, dass seine Forderung tatsächlich funktionieren würde, aber zu seiner Überraschung entdeckte er trotz der einbrechenden Dunkelheit den Hauch einer Bewegung, dann etwas Rotes.

Eine scharlachrote Mütze mit weißer Bommel-Spitze erschien, bevor das sie tragende Eichhörnchen folgte, ein großes braunes Exemplar mit riesigem buschigen Schwanz. Unerwartet, und doch konnte es kein Eichhörnchen gewesen sein, das ihn verfolgte. Es musste etwas Größeres sein. Etwas Wilderes. »Wer ist dein Komplize? Für wen arbeitest du?«

Das Eichhörnchen piepste etwas, das selbst für sein untrainiertes Ohr vermutlich unverschämt war.

Es war zu viel. Zuerst der Mangel an Respekt vom Rudel seines Cousins und jetzt dieses Nagetier?

»Nicht unhöflich werden, Eichhörnchen. Ich habe genug von den rüpelhaften Manieren der Amerikaner.« Um seine Aussage zu unterstreichen, drohte er mit der Faust, und seine Rede erregte die Aufmerksamkeit des Eichhörnchens mit der roten Mütze. Es neigte den Kopf und starrte auf ihn hinab, wobei es mit den Pfoten etwas fest an den Körper drückte.

»Was hast du da?«

Das Eichhörnchen drehte sich mit seiner Beute weg.

»Ich habe gefragt, was du da versteckst.« Denn jetzt, da die Neugier seiner Katze geweckt worden war, musste er es wissen. Felix sprang, um den Ast zu packen, auf dem es saß. Mit den Fingern berührte er die Rinde, aber bevor er sich hochziehen konnte, neigte das Eichhörnchen den Kopf, schien mit den Schultern zu zucken und streckte die Pfoten aus, um die Eichel fallen zu lassen, die es festgehalten hatte. Sie fiel und traf Felix direkt zwischen den Augen.

Er blinzelte. Es hatte nicht wehgetan, aber das Eichhörnchen, das sich den Bauch hielt, als würde es lachen? Das schmerzte.

Kn-a-a-ack.

Er hatte kaum Zeit, die Augen aufzureißen, als der riesige Nadelbaum sich zu neigen begann. Das Eichhörnchen sprang, als Felix den Ast losließ. Er landete auf dem Boden darunter, bewegte sich aber nicht schnell genug, um dem Baum auszuweichen.

Er beförderte ihn mit dem Gesicht voran in den Schnee.

Kapitel Vier
HÖRT DEN SANG DER SCHLAMPEN
HER, BRINGT DEM LÖWENKÖNIG
EHR.

Das lärmende Singen hielt die Schlampen inmitten des fallenden Schnees warm, als sie aus dem Wald und den Obstgärten herauskamen, ihre Beute hinter sich. Nicht die Leichen ihrer Feinde – weil Arik, der Spielverderber, es ihnen verboten hatte –, sondern die Bäume, die sie gefällt hatten.

Da die Schneeflocken dicht fielen und der Himmel ein dunkles, stürmisches Grau annahm, das stundenlangen Schneefall voraussagte, schnallten die Löwinnen sie schnell auf die Ladeflächen der Pick-ups und die Dachträger der anderen Fahrzeuge, wobei die grünen Berge schnell weiß wurden. Das führte dazu, dass die Frauen in Eile aufbrachen, viele nicht im selben Fahrzeug, in dem sie gekommen waren. Ein paar davon waren voller, da Mellys Wagen auf dem Hinweg liegen geblieben war. Sie winkten Edwina zum Abschied zu, wobei einige von ihnen Papiertüten mit Honig darin an sich drückten. Auch wenn Edwina nur ein paar Gläser ihres Honigs »O« hatte, hatte sie Honiglotion, Honigsüßigkeiten und Honig-Balsam.

Die Fahrt zurück zur Stadt dauerte aufgrund der Witterungsbedingungen auf der Straße länger als gewöhnlich. Nachdem sie zu lange eingepfercht gewesen waren, kamen sie an und taumelten mit großem Chaos aus den Fahrzeugen, welches verstärkt wurde, als die Männer sich ihnen anschlossen, um beim Hereintragen der Bäume ihre Muskeln spielen zu lassen. Die Schlampen ließen sie gewähren, vor allem damit die Pizzen in der Eingangshalle nicht kalt wurden.

Nachdem sie alle Stücke heruntergeschlungen hatten, verweilten die meisten vor Ort, während der Gemeinschaftsbaum in seinem Ständer befestigt und mit Lichterketten geschmückt wurde.

Die Kinder dekorierten die niedrigen Äste, womit der Großteil der oberen Äste nackt blieb. Sobald die Kinder zu Bett gingen, würden die Erwachsenen die Christbaumkugeln umverteilen, während sie Schnaps tranken, an Eierpunsch nippten und derbe Weihnachtslieder sangen.

»Hey, wo ist seine königliche Eitelkeit?«, fragte Nexxie, die Popcorn aß, anstatt es für den Baumschmuck aufzufädeln.

»War er nicht bei Melly?« Luna wandte sich vom Baum ab, wobei sie mit dem Bauch ein paar Kugeln abräumte. Die Wetteinsätze wurden höher, je weiter sie über ihren berechneten Entbindungstermin hinausging. Wer auch immer den Topf voller Geld gewann, würde in Scheinen schwimmen.

Melly schüttelte den Kopf. »Nicht bei mir. Mein Geländewagen ist liegen geblieben, also bin ich bei Joan mitgefahren.«

»Bei wem ist er dann mitgefahren?«, fragte Reba. Als niemand antwortete, schnaubte sie: »Kommt schon, einfache Frage. Es ist nicht so, als wäre er euch nicht aufgefallen. Der Mann hält nie die Klappe über Haare und Haut.«

Die Schlampen tauschten Blicke aus und wurden von Leo erwischt, der vorbeistolzierte. Er blieb stehen, schüttelte den Kopf und schaffte es fast bis zur Tür, bevor er umdrehte und zu den Versammelten marschierte, wobei er knurrte: »Was habt ihr diesmal angestellt?«

»Es besteht die winzig kleine Chance, dass wir Ariks Cousin verloren haben.« Melly drückte ihre Finger fast zusammen.

»Felix fehlt und es ist euch erst jetzt aufgefallen? Wie viele Stunden später?« Je ruhiger er wurde, desto mehr ließen sie die Köpfe hängen. Leo verschränkte die Arme vor seiner sehr breiten Brust. »Jemand muss es Arik sagen. Er dachte, sein Cousin hätte so viel Spaß, dass er ihren Termin zum Abendessen vergessen hat.« Leo zog eine Augenbraue hoch. »Irgendjemand?«

Zerknirschte Mienen waren die Erwiderung. Leo

mochte nicht der Alpha sein, aber er war nicht ohne Grund der Omega.

»Wir werden ihn finden«, versprach Reba.

»Verdammt richtig, das werdet ihr. Wann habt ihr ihn zuletzt gesehen?«

»Er ist mit mir zur Baumschule gefahren«, warf Melly ein. »Aber wir haben uns getrennt, sobald wir dort ankamen.«

»Und als ihr weggefahren seid, ist niemandem aufgefallen, dass er fehlt?«

Erneut wurden Blicke ausgetauscht und einige Schultern hochgezogen, als sie feststellten, dass niemand ihn während der Phase des Einladens und Losfahrens gesehen hatte.

»Ihr habt den Cousin des Königs, einen Prinzen auf Besuch, bei der Baumschule vergessen?« Leos tiefes Knurren resultierte plötzlich darin, dass Meena erschien und sich ihrem Gefährten an den Hals warf.

»Bring sie nicht um, Pookie!«

»Sie haben Felix verloren«, knurrte er, wobei er nur mit einem Arm die kurvige Gestalt seiner Frau stützte.

»Und sie fühlen sich schrecklich. Sie werden ihn auf jeden Fall finden, nicht wahr, Schlampen?« Meena drehte den Kopf praktisch um dreihundertsechzig Grad, als sie den letzten Teil zischte. »Denn wenn mein Mann heute Nacht losziehen muss, um den Prinzen aufzuspüren, nachdem ich es geschafft habe, meine Kinder zu einer Übernachtung bei Tante Nora zu überreden, dann sind die Puppen am Tanzen.« Meenas funkelnder Blick deutete darauf hin, dass dieser Tanz schmerzhaft sein würde.

»Ich werde ihn holen!«, verkündete Nexxie, die von der Couch aufsprang und umfiel.

»Ihr hattet alle zu viel zu trinken. Besonders angesichts des Sturms draußen.« Leos Feststellung erinnerte sie an den peitschenden Wind und den Schnee. Sie hatten das hässliche Wetter ausgesperrt, als sie die Sicherheitsrollläden für die Nacht schlossen.

»Wenn er immer noch auf der Farm ist, warum hat Edwina dann nicht angerufen, um es uns zu sagen?«, überlegte Luna laut.

»Der Sturm hat wahrscheinlich ihren Empfang unterbrochen. Und sie konnte nicht fahren, da die Straßen gesperrt sind«, vermutete Melly.

»Da draußen in der Provinz würde ich wetten, dass der Strom ausgefallen ist.« Nexxies Ergänzung.

»Sie kuscheln vermutlich, um sich warm zu halten«, mischte Meena sich ein.

»Nackt«, war der nächste schelmische Kommentar.

Alle Augen wurden rund, als sie keuchten: »Tante Maeve!« Tante Maeve hatte gerade ihren achtundneunzigsten Geburtstag gefeiert.

»Sie werden tagelang eingeschneit sein, ein Löwenprinz und eine Bärenfarmerin, die sich wahnsinnig ineinander verlieben und an Weihnachten heiraten werden.« Meena faltete die Hände und seufzte.

Stille folgte. Dann schallendes Gelächter. »*Edwina ist zu klug, um sich in einen verhätschelten Prinzen zu verlieben.*« »*Ich bin mir ziemlich sicher, sie kommt eher vom anderen Ufer, auch wenn sie nicht auf einen Drink ausgehen will.*« »*Ich kann es nicht sehen. Sie würde ihn brechen.*«

Leo knurrte. »Das ist keine Weihnachtsromanze. Ariks Cousin wird vermisst. Was sollen wir diesbezüglich unternehmen?«

»Nichts«, verkündete Luna.

»Was meinst du mit nichts?« Leo starrte sie an. »Ihr seid die Rudel-Schlampen. Unsere Jägerinnen.«

»Ja, aber es schneit.« Der Unterton war der der Offensichtlichkeit.

Überall wurde genickt.

Und Leo seufzte, als ihm schließlich einfiel, dass Löwen Schnee nicht mochten.

Bären hingegen schon.

Kapitel Fünf
AM NIEMALS ENDENDEN DRITTEN
BÄRNACHTSTAGE SCHENKTE EIN
KUNDE MIR - EINEN GRUND, MIR
EINE GEHEIME TELEFONNUMMER
ZUZULEGEN.

Das Telefon klingelte und Edwina ignorierte es fast. Ihr Sessel war viel zu bequem. Ihre Decke war genau richtig positioniert. Doch dann erinnerte sie sich an die Honigkekse, die sie vergessen hatte, und an eine Tasse mit Honigmilch, um sie herunterzuspülen. Als sie in die Küche lief, da sie plötzlich dringend einen Snack brauchte, schnappte sie sich im Vorbeigehen ihr Telefon und ging ran.

»Honey Pine Farm, wir haben geschlossen, bis die Straßen wieder frei sind.« Das war auch gut so, denn sie befanden sich in der verzweifelten Woche vor Weihnachten, in der die Leute, die zu lange auf einen Baum gewartet hatten, alles bezahlen würden. Dies war auch die Woche der Ausreden, in der die Leute auftauchten. *Unser Hund hat den Baum, den wir hatten, gefressen. Die Katze hat den Baum zerstört. Mein Ex-Freund hat den Baum gestohlen. Ich bekomme nie frei. Ich glaube nicht an Weihnachten.* Und dann war da noch die Frage: *Wie sind Ihre Rücknahmebedingungen?*

»Edwina, ich bin's, Melly.«

»Hey«, murmelte sie, während sie die Keksdose und das Honigglas auf der Theke betrachtete. Aus einer Vorahnung heraus schnappte sie sich Letzteres und trug es zurück zu ihrem bequemen Sessel.

»Das ist wahrscheinlich eine verrückte Frage – ich meine, natürlich ist er bei dir –, aber wir müssen das irgendwie bestätigen, weil er der Cousin des Königs ist und wir uns ein bisschen Sorgen machen, dass er verärgert sein könnte, aber zu meiner Verteidigung: Ich dachte, er wäre das Problem von jemand anderem, aber es stellte sich heraus, dass niemand von uns –«

Edwina unterbrach sie. »Um Honigs willen, wovon plapperst du da?«

»Von dem Prinzen. Er ist bei dir auf der Farm.«

»Nein.« Und als Edwina das sagte, wusste sie es, bevor Melly ein weiteres Wort sagen konnte. »Er ist verschwunden, nicht wahr?«

»Ja.« Mellys Stimme wurde leise. »Und meine Güte, der König ist stinksauer.«

Das war eigentlich nicht Edwinas Problem. Aber das waren ihre allerbesten Kunden, und jeder wusste, dass Löwen keinen Schnee mochten. Schon gar keine Schneestürme.

Seufz.

»Ich werde ihn suchen«, bot sie widerwillig an.

»Oh, du bist der beste Bär aller Zeiten. Dafür werden wir dir ganz schön was schuldig sein.«

»Wie auch immer.« Edwina legte auf, ohne das Telefon zu zerquetschen. Sie hatte sich gut unter Kontrolle, denn sie war mächtig in Versuchung. Stattdessen aß sie ihre Gefühle, tauchte einen großen Löffel in ihren Honigtopf, drehte ihn und leckte ihn dann ab. Sie genoss die Süße.

Mmm.

Köstlich.

Besonders diese Version, der Nektar, den die Bienen aus den Pollen von speziell gezüchteten Jasminblüten gewannen. Die spezielle Mischung mit einem Hauch von Pfefferminze war für ihre beruhigende Wirkung bekannt und half ihr, ihren Ärger darüber zu besänftigen, dass sie sich in dem fiesen Sturm auf die Suche nach einem Idioten machen musste, anstatt *Yellowstone* zu sehen, ihre absolute Lieblingssendung. Es fehlten zwar die Bären, aber Beth machte das wieder wett.

Anstatt die freche Ranch-Erbin anzufeuern, zog Edwina sich aus und schlüpfte in ihr zotteliges Bärenfell, bevor sie sich in den Sturm stürzte, um einen Prinzen zu suchen. Das war zum Teil ihre eigene Schuld. Sie hatte nicht einmal bemerkt, dass der Idiot fehlte. Sie war zu sehr damit beschäftigt gewesen, die Bäume zu fällen und die ungestümen Löwinnen davon abzuhalten, mit der Axt nacheinander auszuholen.

Und wer dachte, sie seien klug genug, um vorsichtig zu sein, der lag falsch.

Als junges Mädchen hatte Edwina aus erster Hand erlebt, was passieren konnte, wenn man die Rüpelhaften nicht unter Kontrolle hatte. Sie hatte gesehen, wie eine Löwin damals ihre Axt ein wenig zu heftig geschwungen und sich die Zehen vom Fuß abgetrennt hatte.

Was tat ihr Großvater, als die kleine Edwina entsetzt auf die Blutlache starrte? Er hob den abgetrennten Teil des Schuhs mit den Zehen auf, und anstatt sie auf Eis zu legen und die Besitzerin ins Krankenhaus zu bringen, um sie wieder anzunähen, dröhnte er: »Die werden frittiert köstlich schmecken.« Mit dieser Mitteilung stapfte er ins Haus.

Die Löwin, die sich aus Versehen einen Teil ihres Körpers abgehackt hatte, humpelte davon, ohne zu widersprechen, und im folgenden Jahr und im Jahr darauf gab es keine Unfälle mehr.

Aber das war eine Ewigkeit her. Diese neueren Katzen brauchten vielleicht erst ein eigenes Missgeschick, um zu lernen. Würde Edwina jemanden fressen müssen, um ihr Argument anzubringen? Beim letzten Mal war sie zu misstrauisch gewesen, um zu probieren. Aber die Zehen eines Löwen rochen gut, wenn sie frittiert und dann mit etwas Honig und Salz beträufelt wurden.

Wie würde wohl ein ganzer Löwe gebraten schmecken? Das würde sie bald herausfinden, denn nach fünf Minuten im Sturm bezweifelte sie, dass der idiotische Prinz überleben würde. Der Wind peitschte kalt und heftig, selbst für jemanden wie sie. Der Schnee fiel in dicken Flocken. Erträglich für jemanden mit dickem Fell oder der richtigen Bekleidung, aber er hatte sich eindeutig nicht für das Wetter angemessen gekleidet, und sich in seinen Löwen mit dünnem Fell zu verwandeln, würde diese Situation nicht verbessern.

Warum machte sie sich also die Mühe, nach einem vereisten Löwen zu suchen? Weil er vielleicht, nur vielleicht, härter war, als er aussah. Aber ein Idiot, da er sich offensichtlich verlaufen hatte. Aber wie hatte er das geschafft? Er hätte nur dem Pfad folgen müssen, der direkt zur Farm zurückführte, es sei denn … Da war diese eine Abzweigung. Nur die eine winzige. Sicherlich hatte er den linken Weg genommen.

Hmm. Vielleicht hätte sie es erwähnen sollen. Oder vielleicht hätte er nicht so ein nerviger Trottel sein und entweder bei Edwina oder gleich auf der Farm bleiben sollen.

Grr. Sie wünschte sich, sie wäre früher als geplant in den Süden gezogen. Manche würden sich vielleicht wundern, dass sie sich nicht verkroch und Winterschlaf hielt. Diese Leute verbrachten nicht den ganzen Frühling damit, die überflüssigen Pfunde abzutrainieren.

Da sie eine vage Vorstellung davon hatte, wo er sich verlaufen haben könnte, ging sie in diese Richtung und hoffte auf einen Hinweis, da sie keine Spur hatte, die sie erschnüffeln konnte. Der Sturm hatte während der letzten Stunden alles mit einer mehrere Zentimeter hohen Schneeschicht bedeckt.

Ihr Atem war sichtbar, während sie langsamer wurde und sich ihren Weg durch die weichen Verwehungen bahnte, wobei sie darauf achtete, von einer Seite zur anderen zu schnuppern. Sie hatte kein Licht, durch das sie sehen konnte. Da es Nacht geworden war und ein Schneesturm wütete, verließ sie sich auf andere Sinne. Lauschen. Riechen. Vor allem vertraute sie ihrem Instinkt – der durch ein wenig Honig befeuert wurde. Nicht spotten. Man musste nur Pu den Bären fragen. Honig machte die Welt zu einem wesentlich besseren Ort.

Da sie den Wald so gut kannte, ließ sie sich von ihren Impulsen leiten, die sie zu den älteren Teilen des Waldes mit den echten Riesen führten – der feuchte Traum eines jeden Holzfällers. Sie hatte schon viele Kaufangebote für diesen Teil des Waldes bekommen, denn hier gab es nicht nur Nadelbäume, die zu groß für die Nutzung waren, sondern auch die allseits beliebte Birke.

Da sie in diesen Wäldern aufgewachsen war, kannte sie jeden Zentimeter. Jeden Baum. Genug, um bei ihrer fast blinden Suche zu erkennen, dass einer davon umgefallen war. Sie schnüffelte an dem Stumpf herum und entdeckte eine gezackte Wunde im Holz. Es war erst vor Kurzem gespalten, wie man an der Frische erkennen konnte.

Wenn ein Löwe Eitel ist

Sie trat um den umgestürzten Baum herum und schnupperte unter den Ästen. Viele von ihnen waren durch den Aufprall abgebrochen, aber einige der älteren hatten einen so dicken Ansatz, dass der Großteil des Baumes vom Boden abgehoben blieb und sich Taschen bildeten, in denen ein Mann geschützt überleben konnte.

Am äußersten Rand, fast aufgespießt und bedeckt von Ästen, die vor der Kälte schützten, fand sie den Prinzen.

Sie grunzte, aber er antwortete nicht. Seine flache Atmung deutete höchstwahrscheinlich auf Bewusstlosigkeit hin. Sie würde ihn befreien müssen, um den Schaden zu beurteilen.

Sie knickte ein paar Äste so weit, dass sie ihren Oberkörper hineinrammen konnte. Sie packte seinen Mantel und zerrte. Er jammerte nicht. Das war auch gut so, sonst hätte sie ihn k. o. geschlagen. Sie hatte keine Lust, sich seine Beschwerden anzuhören.

Als sie ihn vom Baum befreit hatte, musterte sie ihn und schnupperte an ihm. Er hatte eine blutige Wunde im Gesicht, die bereits verschorft war. Das war nicht unerwartet, denn er war niedergeschlagen worden. Offenbar mit einiger Wucht, wenn man bedachte, wie lange er dort gelegen hatte. Sie leckte über sein Gesicht, um seine Temperatur zu prüfen. Kühl, aber nicht unterkühlt. Leckerer als erwartet. Sie leckte ihn erneut, nur so zum Spaß.

Er öffnete die Augen und starrte sie desorientiert an.

Sie bewegte sich nicht, damit er nicht ausflippte. Das war einmal in der Highschool passiert. Sie hatte endlich mit ihrem Freund Kendrick geschlafen, und um das zu feiern, hatten sie sich betrunken. Sie wurde ein wenig zu entspannt und verwandelte sich, als sie bewusstlos war. Der ebenso betrunkene Kendrick wachte auf, sah ihre pelzige Gestalt und schrie: »Bärenangriff!« Da sie nicht wollte, dass ihr Daddy das hörte und Kendrick tötete, weil er sein Junges entjungfert hatte, und weil sie immer noch ein bisschen betrunken war, hatte sie Kendrick vielleicht ein paarmal gegen einen Baum geschleudert, damit er den Mund hielt. Kendrick, eine Hyäne, die es von vornherein hätte besser wissen müssen, machte mit ihr Schluss, sobald er das Krankenhaus verließ. Am Ende wechselte er die Schule, um ihr aus dem Weg zu gehen.

Felix blinzelte in ihre Richtung, wobei nur das Weiße seiner Augen glänzte, und lallte: »Ich habe keinen Picknickkorb.«

Sie hätte ihn bei dieser Beleidigung fast gefressen. Als würden Bären diesem dummen Yogi Bär ähneln. Picknickkörbe enthielten normalerweise Sandwiches und Obst. Ein schlauer Bär hatte es auf die Kühlboxen mit Burgern, Würstchen und Bier abgesehen.

Seine Augen schlossen sich und blieben geschlossen. Der Prinz wachte nicht auf, als sie seine schlaffe

Gestalt den ganzen Weg nach Hause schleppte und das, obwohl seine Haare sich ein paarmal verhedderten. Das war seine Schuld. Wenn er schon lange Locken hatte, hätte er sie flechten sollen, bevor er durch den Wald streifte. Wenigstens trug er sie nicht zu einem Dutt. Oder doch? Edwina konnte den neuen Männerdutt-Trend nicht ausstehen. Sie war als Feministin und Sexistin zugleich erzogen worden, selbstbewusst sein und das Sagen haben, aber gleichzeitig mochte sie Männer, die Männlichkeit ausstrahlten. Es ärgerte sie, dass sie mit ihrer forschen Art und ihrem, wie manche Leute es taktvoll ausdrückten – auch wenn es alles andere als taktvoll war –, grobknochigen Körpertyp diejenigen anzog, die in einer Beziehung unterwürfig sein wollten. Selbst Männer, die größer waren als sie, hielten sie nie für zart oder der Nettigkeiten würdig, die zierlichere Frauen genossen.

Sie bezweifelte, dass der Prinz, der so groß war wie sie, anders sein würde. Nicht dass es wichtig wäre. Zum einen war er nicht ihr Typ. Edwina ging nie mit Männern aus, deren Haare länger als bis zu den Schultern waren, denn Opa hatte sie immer ermahnt, sich von langhaarigen Hippies fernzuhalten. Aber er hatte nicht viel über Prinzen gesagt.

Als sie an ihrer Hütte ankam, zerrte sie den Prinzen hinein und schlug die Tür gegen den Sturm zu. Schon das kurze Öffnen der Tür hatte einen Luftzug und ein paar Schneeflocken mit sich gebracht. Der Strom war wie erwartet ausgefallen, aber sie brauchte den Generator noch nicht. Das Feuer in ihrem dickbäuchigen Ofen blieb stark und gab reichlich Wärme ab.

Sie ließ den schlaffen Prinzen auf dem Boden zurück und machte sich auf den Weg in die Wärme. Sie schüttelte ihr verschneites Fell, als sie an ihm vorbeiging, und verwandelte sich, bis sie nahe genug war, um die Wärme auf ihrem Bauch und ihren Brüsten zu spüren.

Ah. So schön. Sie wärmte ihre Vorderseite, bevor sie sich umdrehte, um ihren nackten Hintern zu rösten. Sie schüttelte alle ihre Glieder, um die Kälte zu vertreiben, wackelte und zappelte. Der Prinz wählte natürlich diesen Moment, um aufzuwachen.

Er drehte sich um und klimperte mit seinen lächerlich verschwendeten Wimpern in ihre Richtung. »Heilige Mutter Gottes. Ich bin gestorben und in den Himmel gekommen. Bist du meine Belohnung dafür, dass ich ein braves Kätzchen war?«

Das unerwartete Kompliment brachte sie aus dem Konzept. Edwina ging zu der Decke, die über ihrem Stuhl hing, und gab ihm eine lässige Antwort. »Das hättest du wohl gern. Wie fühlst du dich?«

»Kalt.«

»Kein Wunder, wenn man bedenkt, wie ich dich gefunden habe.«

»Was ist passiert?« Er setzte sich auf und rieb sich mit einer Hand über das Gesicht.

»Du hast es geschafft, unter einem Baum zu sein, als er umgestürzt ist.«

»Ernsthaft?« Er starrte sie eine Minute lang mit offenem Mund an.

»Allerdings.« Sie kam näher und ging in die Hocke. »Ich frage dich also noch einmal: Wie fühlst du dich?«

Er blinzelte sie an. »Gut, aber, äh, warum bist du nackt?«

»Weil jemand dich im Schneesturm suchen musste.«

»Ähm. Das macht keinen Sinn.« Er legte die Stirn in Falten. »Es ist zu kalt, um draußen ohne Kleidung zu sein.«

»Ich hatte meinen Bärenpelz an. Der ist mehr als warm, im Gegensatz zu dir in deinen schicken, aber nutzlosen Klamotten, Prinz.«

»Du trägst Pelz? Ist das nicht wie Mord?« Seine Augen weiteten sich und ihr wurde klar, dass er wirklich keine Ahnung hatte, was sie meinte, wenn sie behauptete, Pelz zu tragen. War es möglich, so hart getroffen zu werden, dass er sich nicht mehr daran erinnerte, dass sie Gestaltwandler waren? Sie hatte noch nie von so etwas gehört.

Diesmal starrte sie ihn an. »Du verarschst mich besser nicht, Prinz.«

»Ist das mein Name?«

Sie berührte seinen Kopf, wobei sie auf den dünn

verschorften Kratzer an seiner Schläfe achtete, der keinerlei rote Anzeichen einer Infektion zeigte. Außerdem hatte er einen blassen Bluterguss zwischen den Augen. »Du hast kein Fieber. Hast du Schmerzen?«

»Nur ein bisschen Kopfschmerzen.«

»Wahrscheinlich von dem Baum, der auf dich gefallen ist.«

»Das sagst du immer wieder. Ich kann mich nicht erinnern.«

»Was ist das Letzte, woran du dich erinnerst?«

Er starrte sie an. Er öffnete und schloss den Mund ein paarmal, bevor er sagte: »Nichts.«

»Es scheint, dass der Schlag auf deinen Kopf deine Erinnerung an den Unfall gelöscht hat.«

»Nicht nur an den Unfall. Wo bin ich? Wer bist du?«

Sie presste die Lippen aufeinander und murmelte: »Du konntest dich einfach nicht an den Weg halten. Idiot!«

»Warum bist du sauer auf mich?«

»Weil ich keine Lust hatte, mich heute Abend mit einem Amnesiekranken herumzuschlagen. Ich hatte Besseres zu tun.«

»Zum Beispiel?«

»Zum Beispiel *Yellowstone* zu schauen. Verdammt, ich würde lieber meine Schublade mit den einzelnen Socken sortieren, als hier zu sitzen und mit dir zu reden.« Sie konnte ihre finstere Miene nicht verbergen.

Auch er presste die Lippen zusammen. »Entschuldige bitte, dass ich nicht verstehe, was hier los ist. Es ist ja nicht so, dass ich keine Kopfwunde hätte, die offensichtlich einige Wahrnehmungsschwierigkeiten verursacht.«

»Bah. Du hast nur einen Verlust des Kurzzeitgedächtnisses erlitten. In ein paar Stunden geht's dir wieder gut.«

»Und wenn nicht? Ich sollte in einem Krankenhaus sein.«

»Sei nicht dumm. Selbst wenn die Straßen nicht unpassierbar wären, könnte man dort nichts für dich tun.«

»Das weißt du nicht mit Sicherheit. Vielleicht haben sie Medikamente oder Tricks, die mir helfen, mich zu erinnern.«

»Ich bin sicher, dass du nichts Wichtiges vergessen hast.«

»Ich weiß nicht einmal mehr meinen Namen«, beschwerte er sich.

»Da kann ich dir helfen. Dein Name ist Simba.« Sie tat ihr Bestes, um ihre Heiterkeit zu verbergen. Wenn sie schon mit einem lästigen Prinzen festsitzen musste, konnte sie genauso gut ein wenig Spaß haben.

»Simba?« Er zog die Augenbrauen hoch. »Bist du sicher?«

»Sehr.«

»Das fühlt sich nicht richtig an.«

»Das liegt daran, dass du den Namen hasst.«

»Vorhin hast du mich Prinz genannt. Bin ich Mitglied eines Königshauses?«

Sie schüttelte den Kopf. »Es ist dein zweiter Vorname. Deine Mutter liebt seine Musik.« Als er es nicht zu verstehen schien, sang sie ein paar Zeilen aus »Raspberry Beret« und »When Doves Cry«.

»Das ist alles so seltsam.« Er rieb sich das Gesicht. »Wo bin ich?« Er schaute sich um, und sie wusste, was er sehen würde: eine große Hütte. Manche würden sie vielleicht als kleines Haus bezeichnen, denn sie hatte zwei Schlafzimmer im Erdgeschoss und einen Dachboden, der ein drittes Zimmer beherbergte und Blick auf den großen Wohnraum bot. Eine ganze Wand war mit hellblau gestrichenen Kiefernholzschränken verkleidet, die Arbeitsplatte war aus Beton. Die Kochinsel war jedoch mit einem Fleischerblock ausgestattet.

»Wir sind zu Hause«, sagte Edwina, und da sie nicht verdeutlichte, dass es sich um *ihr* Zuhause handelte, verstand er es falsch.

»Ich wohne hier?« Er klang so überrascht. Bevor sie ihn korrigieren konnte, verschluckte sie sich fast, da er hinzufügte: »Sind wir ein Paar?«

Beinahe hätte sie »Nein« gerufen. Als würde sie jemals mit jemandem wie ihm ausgehen. Doch sein Blick war wieder auf ihre Brüste gerichtet. Die Decke darüber verbarg sie zwar, aber als vollbusiges Mädchen hatte sie dennoch ein entsprechendes Dekolleté. Je länger er hinsah, desto wärmer wurde das Gefühl zwischen ihren Beinen.

Sie könnte die Wahrheit sagen, aber ... ihn zu verarschen würde viel mehr Spaß machen.

»Wir sind mehr als nur ein Paar, mein dummer Prinz. Wir sind verheiratet.«

»Verheiratet?« Er stand auf und war genauso groß wie sie, aber drinnen wirkte er breiter, als sie es in Erinnerung hatte. Wahrscheinlich wirkte er vor allem wegen seines Mantels massig. Er sah nach einem Typ aus, der eingenähte Schulterpolster hatte.

»Seit mehr als zehn Jahren, mein heißer Honig-Adonis.« Sie lächelte und klimperte mit den Wimpern, was sie wahrscheinlich falsch machte, aber sie konnte sich nicht mehr zurückhalten.

»Verheiratet? Du trägst keinen Ring.« Er musterte ihre Hand.

»Weil ich ihn bei der Arbeit nicht kaputt machen will. Ganz zu schweigen davon, was wäre, wenn er verloren ginge? Er ist so wertvoll für mich.«

Er blieb skeptisch, und es ärgerte sie, dass ein weiterer Mann sie nicht als geeignete Braut ansah. Sie marschierte in das Schlafzimmer ihrer Eltern. In der Schmuckschatulle ihrer Mutter lagen noch ein paar Stücke, die Edwina erben würde. Darunter auch Großmutters Ring.

Sie kehrte mit ihm zurück und fühlte sich seltsam, ihn an der linken Hand zu tragen. Sie streckte ihn ihm entgegen. »Bist du jetzt zufrieden, Ehemann?«

»Ich denke schon. Ja.« Er zog seine Handschuhe aus und legte sie auf eine Bank neben der Eingangstür.

Seine Jacke folgte, deren Stoff nicht voluminös war. Ein größerer Mann als erwartet kam zum Vorschein. Nicht bärenstark, wie ihr Vater und ihr Großvater, aber auch nicht zu verachten. Angesichts seiner Stiefel verzog er das Gesicht.

»Die sind ziemlich nutzlos«, stellte er fest.

»Das habe ich dir gesagt, als du sie gekauft hast, aber du wolltest einfach nicht hören. Das ist das Problem, wenn man mit einem modischen Mann verheiratet ist.«

»Erinnere mich daran, sie nie wieder zu tragen.« Er zog sie aus und stand in seinen Socken da. »Die sind auch nass. Wo habe ich denn meine trockenen Socken?«

Ihr wurde klar, dass die Lüge auffliegen würde, da er keine Kleidung hier hatte. Ihre Familie hingegen schon. »Warte, ich hole sie für dich.«

Sie stürmte in Opas Zimmer, kramte in seiner Schublade und holte trockene Socken heraus. Sie brachte es nicht über sich, Unterwäsche mitzunehmen, aber sie schnappte sich einen schlichten Zopfstrickpullover und eine weiche karierte Schlafhose. Sie brachte die Kleidungsstücke zu dem Prinzen, der vor dem Feuer stand, die Hände ausgestreckt, um sie zu wärmen.

»Warum war ich draußen?«, fragte er, als sie ihn erreichte.

»Weil du ein Traditionalist bist, wolltest du für

mich den perfekten Baum finden.« Sie reichte ihm die Kleidung.

»Bei einem Sturm?«

»Er kam ganz plötzlich.«

Er zog den Pullover an. »Wie hast du mich gefunden?« Er starrte sie an, als würde er sie verhören, und sie musste schnell nachdenken. Wenn er sich nicht daran erinnerte, dass er sich verwandeln konnte, brauchte sie eine logische Erklärung.

»Ich habe dein Telefon geortet.« Und damit er sie nicht für eine Stalkerin hielt, lachte sie und fügte hinzu: »Ich dachte, du wärst verrückt, als du mich überredet hast, die App zu installieren, aber sieh mal einer an, sie hat dich gerettet.«

»Du hast mich ganz allein zurückgebracht?« Er blickte erst auf seine Hose und dann auf sie, als wäre er unsicher.

Sie hätte sich fast weggedreht, als er die eng anliegende Hose herunterzog, aber eine verheiratete Frau würde das nicht tun, also blieb sie ihm zugewandt und tat ihr Bestes, um nicht hinzusehen, ob er einen Slip oder Boxershorts trug. Waren seine Kronjuwelen zu sehen?

»Ich hatte den Schlitten dabei.« Eine weitere Lüge. Aber wer A sagte, musste auch B sagen.

»Willst du mir sagen, dass du mich ganz allein nach Hause geschleppt hast?« Ungläubig hielt er inne, die Schlafhose nur bis zu den Knien hochgezogen. Ein kurzer Blick zeigte ihr, dass er eine enge schwarze

Unterhose trug, die Umrisse offenbarte, die sicherlich von einem Paar Socken herrührten.

Sie lachte laut auf, als sie antwortete: »Siehst du sonst noch jemanden hier?«

»Meine arme Frau. Du musst erschöpft sein.« Seine plötzliche Fürsorge ließ ihre Augen größer werden. Er zog sich fertig an und schob sie auf einen Sessel. »Setz dich. Ruh dich aus.«

»Es geht mir gut.«

»Unsinn. Ich bin kein kleiner Mann. Die Anstrengung muss unglaublich gewesen sein. Von der Kälte ganz zu schweigen.« Er ließ sich auf den Boden sinken und griff nach ihren Füßen. Die spontane Massage entlockte ihr ein Stöhnen.

»Es war ziemlich kühl«, stimmte sie zu. »Deshalb habe ich mich auch gleich ausgezogen, als ich nach Hause kam. Wenn du nicht aufgewacht wärst, hätte ich dich als Nächstes ausgezogen, um dich mit Kuscheln aufzuwärmen.«

Er hielt mit seiner Massage inne. »Ich fühle mich immer noch ein bisschen unterkühlt. Vielleicht sollten wir das tun.«

Es war keine Überraschung. Der Mann mochte sich vielleicht nicht an seinen Namen erinnern, aber seine Libido hatte kein Problem damit, sich daran zu erinnern, wie man pervers war. »Aber, aber, mein Prinz. Ich kenne den lüsternen Ausdruck in deinen Augen, und ja, ich bin genauso erpicht darauf wie du, uns körperlich wieder zu vereinen und unsere liebevolle eheliche Verbindung zu bekräftigen, aber ich habe dich heute schon einmal fast verloren, und angesichts deines, ähm, schwachen Herzens wäre es nicht gut, wenn du zügellos wirst, während du dich von deiner Tortur erholst. Glaub mir, wenn ich sage, dass ich über die Situation genauso enttäuscht bin wie du.«

»Oh.« Er schien um Worte verlegen zu sein.

Sie deutete auf den leeren Sessel neben ihr. »Du solltest dich hinsetzen, bevor du umkippst.« Oder sie zum Höhepunkt brachte, indem er ihre Zehen knetete. Der Mann hatte magische Hände.

Er ließ sich in den Sessel plumpsen und lehnte sich so weit zurück, dass seine Füße neben dem Ofen praktisch kochen konnten. Er seufzte. »Das ist schön.«

»Das ist es«, stimmte sie zu, obwohl es manchmal einsam sein konnte. Nicht aus freien Stücken. Edwina wünschte sich nichts sehnlicher, als in den langen Winternächten einen Gefährten an ihrer Seite zu haben. Leider hatte sie ihren eigenen Märchenbären noch nicht kennengelernt.

»Danke, dass du mich gerettet hast«, sagte er auf einmal.

»Jederzeit, *Ehemann*.«

»Warum nennst du mich nicht mehr Prinz?«

»Prinz. Ehemann. Geliebter ...« Sie klimperte mit den Wimpern. »Schade, dass du verletzt bist, sonst wüsste ich, wie ich dich an unser besonderes Band erinnern könnte.«

»So verletzt auch wieder nicht.« Er wackelte mit

den Augenbrauen und schenkte ihr ein verschmitztes Grinsen.

Beinahe wäre sie auf sein Angebot eingegangen, aber sie wollte sich nicht mit seiner Reue auseinandersetzen, wenn er wieder zur Besinnung kam.

»Jetzt ist nicht der richtige Zeitpunkt, mein Prinz. Du musst dich erst erholen. Schlaf ein wenig und wir werden sehen, wie du dich morgen früh fühlst.«

»Ist es sicher zu schlafen? Ich dachte, Menschen mit einer Gehirnerschütterung sollten wach bleiben.«

»Äh, ja, da hast du recht. Ich werde einen Wecker stellen, um dich in regelmäßigen Abständen zu wecken.«

»Wie? Der Strom ist ausgefallen.«

Er konnte sich zwar nicht mehr an seinen Namen erinnern, aber seine Beobachtungsgabe war auch an einem fremden Ort noch scharf.

»Meine Uhr hat noch genügend Batterie. Ich bin überrascht, dass du es bemerkt hast.«

»Nichts brummt und dein Internet-Router neben dem Fernseher ist aus.«

»Mach dir keine Sorgen. Das passiert andauernd. Wir kommen schon klar. Ich habe genügend Holz drinnen, um uns warm zu halten.«

»Bist du sicher? Ich könnte noch etwas holen«, bot er an.

»Ich glaube, du hast dich für einen Tag genug verirrt. Du solltest ins Bett gehen. Morgen wird es ein langer Tag des Freischaufelns.«

»Okay.« Er schaute sich um. »Blöde Frage, aber wo ist mein Bett?«

Sie stand auf und zeigte auf das Zimmer ihres Großvaters, von wo sie die Kleidung geholt hatte. »Du schläfst da drin. Das Bad ist durch die Holztür neben dem Kleiderschrank.«

Er schwang sich aus dem Sessel und stellte sich ein wenig zu nahe an sie. »Das hört sich so an, als würden wir nicht im selben Zimmer schlafen.«

»Weil wir das nicht tun.« Und da er wahrscheinlich fragen würde, gab sie ihm eine gute Ausrede. »Ich schnarche. Laut, wie ein Bär.«

»Oh.«

»Ja. Du hasst es und hast mich in ein anderes Zimmer verbannt.«

»Warte, ich habe dich aus unserem Bett geworfen?«

»Ja, aber mach dir nichts draus. Das war die Rettung unserer Ehe.«

»Aber –«

Sie unterbrach ihn. »Kein Aber heute Abend. Ruh dich etwas aus.«

»Gut. Gute Nacht ...« Er hielt inne. »Ich komme mir blöd vor, weil ich überhaupt frage, aber wie heißt du?«

»Edwina.«

»Edwina«, sagte er nachdenklich. »Das sind eine Menge Silben. Ich bezweifle, dass ich sie alle benutze. Wie ist mein Kosename für dich?«

»Äh, äh –« Ihr Verstand war leer.

Er war derjenige, der sagte: »Honigbär. Dein Spitzname ist Honigbär. Ich erinnere mich.«

Sehr zweifelhaft. Niemand wagte es je, sie so zu nennen. Sie wies auch nicht darauf hin, dass Honigbär genauso viele Silben hatte wie Edwina. Nicht mit diesem Lächeln auf seinem Gesicht. Stattdessen sagte sie sanft: »Wir sehen uns morgen früh.«

Der Kuss, den er ihr auf den Mund drückte, war unerwartet, ebenso wie die Tatsache, dass sie ihn nicht dafür ohrfeigte. Er versuchte nicht, die Situation auszunutzen, und murmelte: »Nacht, mein süßer Honigbär«, bevor er in Opas Zimmer ging.

Sie ging mit dem Gedanken ins Bett, dass er vielleicht gar nicht so schlecht war.

Als sie aufwachte, stand er am Fußende ihres Bettes und tobte: »Simba?«

Kapitel Sechs
AM VIERTEN WEIHNACHTSTAGE
SCHENKTE MEINE GASTGEBERIN
MIR - ALTMÄNNERKLEIDUNG UND
VERDAMMT, WENN DIE NICHT
BEQUEM WAR.

»Wie ich sehe, hast du dein Gedächtnis zurück«, war die Antwort, die Felix bekam, als er Edwina mit ihrer List konfrontierte.

»Sehe ich aus wie ein Simba?«, zischte er, immer noch beleidigt.

»Jammerndes männliches Junges? Allerdings.« Sie rollte sich aus dem Bett, immer noch nackt. Besaß die Frau denn keine Kleidung?

Er wandte den Blick von ihr ab. »Du hast mich angelogen.«

»Ich habe dir einen Streich gespielt, von dem ich wusste, dass er nicht lange halten würde. Sei deswegen nicht so ein Weichei. Es war lustig.«

Für sie vielleicht, aber er war mit Begierde nach der Frau, die er für seine Frau hielt, eingeschlafen und geil mit der Erkenntnis aufgewacht, dass er diesbezüglich nichts unternehmen konnte.

»Nicht lustig.« Er zog eine Grimasse, aber nur für einen Moment. Er wollte die lauernden Falten nicht auf dumme Gedanken bringen.

»Was ist los, Simba? Hast du deinen Schönheitsschlaf nicht bekommen?«

»Ich habe mich gut ausgeruht. Obwohl meine Haut etwas Feuchtigkeitscreme gebrauchen könnte, wenn man bedenkt, dass du mich ohne sie ins Bett geschickt hast, und das nach dem Tag, den ich hatte.«

Sie blinzelte. »Cremst du dich wirklich jeden Abend ein?«

»Was glaubst du, wie meine Haut so geschmeidig bleibt?« Er neigte den Kopf, um ihr seinen glatten Hals zu zeigen.

»Das klingt nach viel Arbeit.«

»Die Alternative ist vorzeitige Alterung und schuppige Haut.«

»Wenn du das sagst.«

»Du wirst es verstehen, wenn du in meinem Alter bist.«

»Und das wäre?«

»Fünfunddreißig.«

Sie prustete.

»Was ist so lustig?«

»Die Tatsache, dass ich zwei Jahre älter bin als du.«

»Bist du nicht.«

»Ich wüsste nicht, warum ich bei meinem Alter lügen sollte.« Sie drehte sich um und ging auf einen

Kleiderschrank zu, wobei ihr runder Hintern bei jedem Schritt wackelte.

Der Löwe in ihm wollte sich auf sie stürzen und sie beißen. Der Mann räusperte sich. »Bei deinem jugendlichen Aussehen musst du irgendeiner Art von Hautpflegeplan folgen.«

»Nein.«

»Dann musst du hervorragende Gene haben, denn man sieht dir dein Alter überhaupt nicht an.«

»Das liegt an einer gesunden Ernährung mit Honig.«

»Honig ist nicht gesund. Er ist reiner Zucker.«

»Ganz genau.« Sie grinste, als sie sich umdrehte und ihr dicker Strickpullover ihre üppigen Kurven verdeckte. Sie zog Leggings in einem grellen Karomuster an, das in seinen Augen schmerzte und überhaupt nicht zu dem scheußlichen Schneemann auf der Vorderseite ihres Oberteils passte.

Anstatt sich über ihren Sinn für Mode zu äußern, wozu er sich heftig auf die Zunge beißen musste, sagte er: »Kann ich mir ein Telefon leihen? Ich sollte das Rudel anrufen, damit sie sich keine Sorgen machen.«

»Schon erledigt, Simba. Was glaubst du, wer mir gesagt hat, dass ich nach deinem gefrorenen Hintern suchen soll?«

»Ich kann nicht glauben, dass sie ohne mich gegangen sind.« Felix gedieh daran, bemerkt zu werden. Doch seit er in Amerika angekommen war, hatte ihm nur Ariks Tochter irgendeine Art von

Aufmerksamkeit geschenkt. Hatte er seinen Charme verloren?

»Zu ihrer Verteidigung: Es war das reinste Chaos mit dem aufziehenden Sturm, den zwei Dutzend Bäumen und dem Axt-Werfen.«

Beinahe hätte er nach Letzterem gefragt, aber dann beschloss er, dass er es wirklich nicht wissen wollte. »Wann kann ich mit dem Transport zurück in die Stadt rechnen?«

»In zwei, vielleicht drei Tagen.«

Er starrte sie an, während sie sich dicke Wollsocken über die Knöchel und Waden ihrer Leggings zog.

»Verzeihung, aber kannst du das wiederholen? Ich könnte schwören, du hättest zwei oder drei Tage gesagt.«

»Könnte früher sein, aber es könnte auch später sein. Wir hatten über Nacht einen heftigen Sturm. Der Schnee steht meterhoch auf den Straßen, und da ich auf dem Land wohne, werden sie in nächster Zeit nicht zu mir kommen. Das bedeutet, dass meine Straße vor dem nächsten Schneesturm wahrscheinlich nicht geräumt wird.«

»Es zieht ein weiterer Sturm auf?« Er starrte sie an, aber nicht auf eine anzügliche Art und Weise, sondern eher schockiert darüber, dass der Himmel noch mehr Schnee hatte. »Hatten wir nicht schon genug Schnee für eine ganze Saison?«

Sie lachte, ein Lachen aus dem Bauch heraus, das Lachfalten um ihre Augen herum entstehen ließ und ihre Zähne offenbarte. »Es wird erwartet, dass noch mindestens fünf bis zehn Zentimeter fallen, aber ich denke, es werden eher dreißig sein.«

»Ich sitze also hier fest?«

»Jup.« Sie betonte das P, als sie an ihm vorbei zur Treppe ging, die von ihrem Schlafzimmer auf dem Dachboden hinunterführte. Er betrachtete einen Moment lang das riesige Bett, die Kommode mit den Klamotten, von der einige Schubladen halb geöffnet waren und die Kleidungsstücke über den Rand hingen, während andere zusammengeknüllt hineingestopft worden waren. Weitere Sachen lagen auf dem Boden. Der Geruch war zu einhundert Prozent sie. Nicht männlich. Oder weiblich, was das anging.

Er folgte ihr ins Erdgeschoss. »Es muss doch einen Weg geben, wie ich zurück zu meinem Cousin komme. Es ist sonnig draußen.« Er deutete mit einer Hand in Richtung des Fensters, das voller Licht war. »Wird der Schnee dadurch nicht schmelzen?«

Edwina prustete. »Das Zeug schmilzt nicht vor dem Frühling. Wir können höchstens die Veranda und die Einfahrt räumen und hoffen, dass der Pflug eher früher als später die Straße runterkommt.«

Als Mann des warmen Klimas glaubte er ihr nur halb. Sicherlich war es nicht so schlimm, wie sie behauptete? Er ging zu einem Fenster, das Kälte ausstrahlte, und blickte auf ein winterliches Land hinaus. Eine dicke Schneedecke bedeckte den Boden und es fielen noch immer leichte Flocken herab, obwohl die Sonne die glitzernde weiße Widerlichkeit funkeln ließ. Und sie sagte, dass noch mehr kommen würde?

»Ich schätze, ich stecke fest.« Das gehörte nicht zu seinem Plan. Hätte er das gewusst, hätte er ein paar wichtige Dinge mitgebracht.

»Das tust du, Simba. Glaub mir, ich bin auch nicht glücklich darüber. Aber es ist, wie es ist. Toast?« Sie bot ihm eine dicke Scheibe an, die sie gebuttert hatte.

»Ist es verarbeitet oder frisch?«

»Es ist Nahrung. Also, ja oder nein?«

»Ja.« Er würde entgiften und reinigen, sobald er entkommen war. Er nahm die dicke Scheibe und bestrich sie mit der selbst gemachten Marmelade, die sie aus ihrem Kühlschrank holte. Sie fügte Honig zu ihrer hinzu. Das führte dazu, dass er sie anstarrte, als sie einen Bissen nahm, da der Zucker an ihren Lippen klebte und in ihm die Sehnsucht nach einer Kostprobe auslöste.

»Das wird nicht passieren«, bemerkte sie plötzlich.

»Was wird nicht passieren?«

»Ich kenne diesen Blick«, warnte sie, bevor sie einen weiteren Bissen nahm.

»Welchen Blick?«

»Den, der sagt, dass du geil bist und alles ficken würdest, was verfügbar ist, sogar mich.«

Nur ein Teil ihrer Aussage war richtig. Er war geil, aber er neigte dazu, wählerisch zu sein, mit wem er Sex hatte. »Was soll das denn heißen?«

»Als müsste ich das erklären. Wir wissen beide, dass ich nicht dein Typ bin.«

»Ach ja? Und was ist mein Typ?«

»Ich tippe mal auf superdünn, perfektes Make-up und exzellente Arschkriechfähigkeiten.«

»Zu deiner Information, ich bevorzuge Frauen mit Kurven.« Große Brüste waren seine Schwäche. Und zwar nicht diese Silikonbrüste, die zu fest waren und nicht wackelten.

»Wenn du das sagst.«

»Warum sollte ich lügen?«

»Weil Männer wie du alles sagen würden, um zu bekommen, was sie wollen.«

»Männer wie ich? Das klingt wie eine Beleidigung.«

»Eher wie eine Realität. Du bist ein Prinz, der es gewohnt ist, von schönen Frauen umschwärmt zu werden. Du musstest wahrscheinlich noch nie körperlich hart für etwas arbeiten und durch deinen Titel, deinen Reichtum und dein Aussehen bist du es vermutlich auch nicht gewohnt, allein ins Bett zu gehen.«

»Honigbär, hast du mich gerade beleidigt?« Er benutzte den Spitznamen mit Absicht.

Sie grinste. »Ja, das habe ich. Gut, dass du es erkannt hast. Ich habe mir schon Sorgen gemacht, dass mein bäuerlicher Humor deinen hohen Idealen nicht gerecht werden könnte.«

Aus irgendeinem Grund brachte ihn ihre unerwartete Antwort zum Lachen. »Du bist witzig.«

»Seit wann ist die Wahrheit lustig?«

»Wenn sie nicht ganz wahr ist. Zu deiner Information: Ich arbeite, vielleicht nicht, indem ich Bäume fälle und schleppe, aber ich dachte, in der heutigen Zeit würden wir den Wert eines Menschen nicht mehr danach bemessen, wie viel er heben und tragen kann.«

»Stimmt, ich sollte die Anstrengung nicht unterschätzen, die es braucht, um den Bauern zuzuwinken, wenn du in deiner von weißen Pferden gezogenen Kutsche vorbeifährst.«

Er starrte sie mit offenem Mund an. »Du glaubst doch nicht ernsthaft, dass Mitglieder des Königshauses so reisen?«

»Nein«, schnaubte sie, »aber ich hatte es irgendwie gehofft. Bitte sag mir, dass du wenigstens in einem richtigen Schloss lebst?«

Seine Mundwinkel zuckten. »Das tue ich. Aber die Sanitäranlagen sind ziemlich modern.«

»Damit habe ich kein Problem. Ich hatte schon befürchtet, du würdest mir sagen, du wohnst in einem modernen Reihenhaus oder einer Eigentumswohnung wie deine Verwandten in der Stadt.« Sie erschauderte.

»Du magst es nicht, in der Nähe von anderen zu leben?«

»Würde ich sonst hier alleine wohnen?«

»Es ist recht ruhig. Und einsam.« Diesen Teil

wollte er eigentlich nicht laut aussprechen, aber sie war nicht beleidigt.

»Nur einsam, wenn du nicht weißt, wie du dich beschäftigen sollst. Mit den Bäumen, dem Honig, diesem Haus, meinen Büchern und vier Streaming-Diensten habe ich keine Zeit für etwas anderes.«

»Wird das nicht eintönig?«

»Nicht jeder mag es, immer in Hektik zu sein. Einige von uns bevorzugen eine entspanntere Herangehensweise an das Leben.«

Das konnte er verstehen. Hatte er die Krone nicht genau aus diesem Grund gemieden? Er wollte den Stress nicht, konnte sich aber auch nicht vorstellen, nichts aus seinem Leben zu machen. Er genoss seine Arbeit als Parfümeur und Social-Media-Ikone.

Was ihn daran erinnerte ... Er sollte wirklich online gehen und ein paar Bilder seines amerikanischen Abenteuers posten. »Mein Mantel? Wo ist er? Ich frage mich, ob mein Handy funktioniert.« Sie deutete auf einen Haken neben der Tür.

Das Handy war weiterhin im Eimer.

Sie bemerkte es. »Du kannst dir meins ausleihen, wenn du willst.« Sie zeigte auf das Gerät auf dem Tresen. Mit seinen zwei Balken würde es noch eine Weile den Dienst tun, wenn er ein Signal bekommen konnte.

»Ist das ein Klapphandy?«

»Ja.«

»Ich dachte, die Dinger wären schon vor zehn Jahren aus der Mode gekommen.«

»Nein, man kann sie immer noch kaufen.«

»Warum sollte man das tun?«

»Weil sie billig und cool sind.« Sie schnappte es sich, klappte es auf und flüsterte: »Beam mich hoch, Scotty, denn hier unten gibt es kein intelligentes Leben.«

»Ha, ha.«

Sie wirkte völlig reuelos. »Du lachst, aber rate mal, wessen Telefon noch funktioniert? Und das, obwohl es einmal in die Toilette gefallen ist, von Bienen umschwärmt wurde – weil sie offenbar eine bestimmte Musikerin nicht ausstehen können – und von einem Eichhörnchen gestohlen wurde.«

Der letzte Teil erregte seine Aufmerksamkeit und er platzte heraus: »Ein Eichhörnchen hat mich im Wald angegriffen.«

»Sicher hat es das.« Sie prustete.

»Ich schwöre es. Es hat mich mit Eicheln beworfen und dann den Baum auf mich fallen lassen. Ich glaube, es könnte ein tollwütiger Mörder sein.«

Sie starrte ihn an und lachte dann. »Lass mich raten. Es trug eine rote Weihnachtsmannmütze.«

»Aha! Du kennst es. Gehört das böse Nagetier zu dir?«

»Nein, und das Eichhörnchen heißt Rudolph. Kurz auch Rudy genannt. Und er ist ein ziemlicher Scheißkerl. Die Mütze, die du gesehen hast, hat er von dem Zwerg gestohlen, den meine Oma mir hinterlassen hat.« Sie deutete auf einen haarigen Kobold auf dem Kamin, dessen Augen hinter den grauen Strähnen verborgen waren und der eine Knollennase hatte.

»Warum sollte er eine Mütze stehlen?«

»Weil sie ihm gefällt? Er hat auch meinen Weihnachtsstrumpf, meine Knopfsammlung und eine Dose Ahornsirup gestohlen.«

»Du solltest eine Falle für die Bedrohung aufstellen.«

»Wenn ich für alles, was mich ärgert, eine Falle aufstellen würde, ginge mir der Platz aus, um die Leichen zu vergraben.« Sie warf ihm einen Blick zu.

Der Punkt ging an sie. »Da du so anhänglich bist, werde ich deinen kleinen Nager in Ruhe lassen.«

»Als könntest du Rudy jemals auch nur annähernd fangen.« Sie nahm einen letzten Schluck von ihrem Kaffee und stellte die Tasse in die Spüle, bevor sie an ihm vorbei zur Tür schlenderte, wo sie sich einen Mantel und Stiefel überzog.

»Wohin gehst du?«

»Der Schnee schaufelt sich nicht von selbst.«

»Ich werde helfen.«

Sie musterte seine schicken Stiefeletten – die seine Füße schon beim Ansehen schmerzen ließen. Edwina grinste. »Du hast nicht die richtige Ausrüstung.«

Mit dieser Beleidigung ging sie nach draußen und ließ ihn mit seiner Verärgerung allein. Er hätte nicht einmal genau sagen können warum. Wenn sie alleine schaufeln wollte, sollte sie das tun. Er würde dort bleiben, wo es schön und warm war.

Wie ein verwöhnter Prinz. Genau wie sie es ihm vorgeworfen hatte.

Seufz. Er konnte mühelos der Mann sein, den sie erwartete.

Oder er könnte die Zeit, die er hier festsaß, damit verbringen herauszufinden, warum die großartige Edwina es vorzog, allein auf einer Farm zu leben. Und beweisen, dass er kein verwöhntes Balg war.

Er ging in das Schlafzimmer, in dem er die Nacht verbracht hatte, und durchwühlte die Schränke und Schubladen. Er tat sein Bestes, um nicht das Gesicht zu verziehen, als er Sachen fand, die ihn warm halten würden. Einiges davon war offensichtlich alt und nichts modisch, nicht einmal, wenn es neu war.

Als er aus dem Haus trat, war die Veranda teilweise geräumt und ein Weg im Schnee führte zu der übergroßen Garage. Als er sich näherte und die Galoschen an seinen Füßen bei jedem Schritt abzufallen drohten – denn ihr Großvater hatte offenbar riesige Pfoten –, hörte er Flüche.

»Verdammte Schrottkiste. Ich hätte die neue kaufen sollen, als ich letzte Woche in der Stadt war.«

Als er in die Garage kam, lehnte sie sich über eine Schneefräse und riss an deren Seil. Sie wollte nicht anspringen.

»Kann ich helfen?«

»Als wüsstest du, wie man eine Maschine repariert«, schnaufte sie, wobei sie mit dem letzten Ruck das Seil komplett herauszog. Sie stolperte und landete hart auf dem Hintern.

Aua.

Er stand über ihr und reichte ihr eine Hand. »Ich glaube, sie ist kaputt.«

»Ohne Scheiß, Simba.« Sie beäugte ihn misstrauisch. »Du trägst Opas Kleidung.«

»Was du nicht sagst. Sie schien mir besser für das Klima geeignet.«

»Sie steht dir gut.« Die Worte rutschten ihr heraus und er konnte ihre Überraschung sehen.

Andererseits sollte sie nicht überrascht sein. »Meine Schwester behauptet, ich könnte eine Plastiktüte gut aussehen lassen.«

»Du und deine Schwester, ihr steht euch nahe?«, fragte Edwina.

»Zählt es als Nähe, wenn sie mir gesagt hat, ich solle mir die Plastiktüte über den Kopf ziehen?«

Edwina kicherte. »Richtige Geschwister also.«

»Wenn du mit *richtig* meinst, dass sie versucht hat, mich umzubringen. Allerdings nicht mehr so oft, seit ich ihr gesagt habe, dass sie den Thron haben kann.«

»Du hast darauf verzichtet?«

»In gewisser Weise. Technisch gesehen ist sie älter als ich, aber historisch gesehen wird das Rudel normalerweise von dem ältesten Sohn regiert. Es sei denn, er ist kein Alpha. Dann gibt es eine Herausforderung. Und es wird hässlich.«

»Dürfen Frauen nicht herausfordern?«, fragte sie, als sie aufstand und sich den Hintern abklopfte.

»Bis zu meiner Schwester hat das noch keine getan.«

»Und du wolltest nicht gegen sie kämpfen.«

»Das wollte ich wirklich nicht. Sie hätte den Boden mit mir aufgewischt.« Francesca konnte sehr beängstigend sein.

Edwina starrte ihn mit offenem Mund an.

»Was?«

»Ich kann nicht glauben, dass du das zugegeben hast.«

»Es hat keinen Sinn zu lügen. Ich kenne niemanden, der meine Schwester kennengelernt hat und keine Angst hätte.«

»Stört es dich, dass du nicht der König sein wirst?«

»Nein. Weißt du, wie viele Babys man küssen soll? Klebrige Babys«, erklärte er, für den Fall, dass das nicht klar war.

»Du magst keine Kinder?«

»Eigentlich mag ich sie sehr. Ich will nur nicht gezwungen werden, jedes einzelne zu küssen, das mir entgegengestreckt wird, als würde das irgendwie Glück bringen. Ich hätte kein Problem mit meinen eigenen, da ich weiß, dass sie sauber sein werden.«

»Das sagt ein Mann, der keine Ahnung hat«, murmelte sie. Sie blickte finster auf ihre kaputte Maschine. »Ich kann nicht glauben, dass sie kaputt ist.«

»Das heißt wohl, dass wir von Hand räumen müssen.«

»Sieht so aus«, seufzte sie.

Sie schnappte sich eine Schaufel an der Tür und er schnappte sich die zweite, bevor er ihr nach draußen folgte. Er bedauerte sein Angebot sofort. Sie hatte wirklich eine Menge Auffahrt.

»Wenn es dir zu kalt wird, geh einfach rein«, riet sie ihm, während sie begann, das monströse weiße Zeug zu schaufeln und zur Seite abzuladen.

Verlockend, aber nur ein Arschloch würde es sie allein tun lassen.

»Wie wär's, wenn wir wetten, wer zuerst mit seiner Seite fertig ist?«, konterte er, während er sich an die Arbeit machte.

»Was bekommt der Gewinner?«

Angesichts der Menge an Arbeit, die zu erledigen war, kam nur ein Preis infrage. »Eine Ganzkörpermassage?«

Sie grinste. »Oh, die werde ich auf jeden Fall brauchen, wenn wir fertig sind. Abgemacht, Simba.«

Er versuchte, seine Verärgerung darüber, dass sie diesen blöden Namen benutzt hatte, als Ansporn für sein Schaufeln zu nutzen. Es hielt nicht lange an.

Edwina besiegte ihn. Mühelos. Die Frau schaufelte wie eine Maschine, und als sie fertig war, schlug sie ihm auf den Rücken und rief: »Ich habe gewonnen. Wir sehen uns, wenn du fertig bist.«

Er schaute auf die sechs Meter Auffahrt, die noch

übrig waren, und hätte fast geweint. Als er endlich fertig war, wollte er sich am liebsten in ein heißes Schaumbad verkriechen und sterben. Nicht dass er das zugegeben hätte.

Er schleppte seinen Hintern hinein und fand sie gebadet vor, gekleidet in ein neues, grässliches Outfit, das die Farben Orange und Pink beinhaltete, die Füße vor dem dickbäuchigen Holzofen aufgestützt und eine dampfende Tasse Kakao in der Hand. Die nassen Haare hingen ihr den Rücken hinunter, mehr als erwartet, jetzt, da sie aus ihren engen Zöpfen befreit waren.

Sie grinste ihn an. »Ich habe mich schon gefragt, ob ich dich wieder suchen muss.«

»Ich kann verstehen, warum du eine Schneefräse benutzt. Das war heftig. Gib mir eine Sekunde, um aufzutauen, und ich gebe dir deinen Preis.« Die Gewissheit, dass er verlieren und sie berühren würde, war das Einzige, was ihn weitermachen ließ.

»Geh erst duschen. Das wird dir helfen aufzutauen. Es gibt Honigshampoo, Spülung und Waschlotion, die du benutzen kannst.«

»Welche Marke?«, fragte er, da er nicht einfach irgendetwas für seine Haare benutzte.

»Das ist nichts, was man im Laden kaufen kann. Es ist Großvaters Spezialrezept.«

Beängstigend. Er konnte nur hoffen, dass es keinen Schaden anrichten würde. Die Dusche war noch dampfig und er konnte nicht anders, als an Edwina zu denken, wie sie vor ihm badete. Das Wasser, das über ihre nackten Kurven lief. Kurven, die er würde massieren dürfen.

Er befriedigte sich bei dem Gedanken so schnell, dass er sich fragte, ob er ein Problem hatte. Zumal sein Schwanz in dem Moment zuckte, in dem er an Edwina dachte.

Faszinierende Frau.

Schwing.

Er starrte auf seinen Schwanz, der in der Dusche herumwedelte und dachte, er würde etwas Action bekommen. Damit würde er nicht rechnen. Edwina hatte sich noch nicht wie erwartet verhalten. Zum einen war sie noch nicht uneingeladen in sein Bett gekrochen. Hatte sich nicht auf ihn gestürzt und behauptet, sie sei gestolpert. Hatte ihn nicht geküsst und ihn unwiderstehlich genannt. Allerdings schien sie auf die Massage scharf zu sein.

Schwing.

Runter, Junge. Noch nicht.

Er konzentrierte sich auf die zur Verfügung stehenden Reinigungsprodukte. Er musste nicht einmal die Deckel abnehmen, um den Honig zu riechen. Das Shampoo floss in seine Hand, eine goldene Farbe, die gut schäumte. Die Spülung war eine dicke Creme, die sein Haar seidig werden ließ. Die nach Honig duftende Körperwäsche hinterließ ein angenehmes Prickeln auf seiner Haut.

Als er die Dusche verließ, wartete ein großes, flauschiges Handtuch auf ihn, das warm auf einer kupfernen Rohrschleife lag, die, wie er bemerkte, zur Dusche führte. Raffiniert. Während er das heiße Wasser benutzte, erwärmte sich das Rohr und auch das Handtuch, das darüber hing. Es funktionierte besser als einige teurere Geräte, die er gesehen hatte.

Mit dem warmen Handtuch um seinen Körper gewickelt stellte er sich vor den Spiegel und betrachtete sein nasses Haar. Mit einem kleineren Handtuch konnte er die überschüssige Feuchtigkeit abreiben. Viele wären vielleicht überrascht gewesen, wie energisch er schrubbte. Gesundes Haar hatte starke Wurzeln, und eine gute Massage der Kopfhaut half dabei.

Nachdem er zu seiner Zufriedenheit abgetrocknet war, suchte er eine Bürste, die nach den langen dunklen Strähnen in den Borsten zu urteilen ihr gehörte. Wäre es eine Mehrzweckbürste gewesen, hätte er sie gereinigt, aber der einzige Duft war der von Edwina. Er fuhr mit den Borsten durch sein Haar, wobei ihn der Mangel an Knoten darin überraschte. Der wahre Test würde sein, wenn es getrocknet war und er die Farbe sehen konnte. Stumpf und platt oder ein perfekt glänzendes Gold ohne einen Hauch von Messing? Er hatte das Gefühl, dass es Letzteres sein könnte. Edwina saß offensichtlich auf einer Schatztruhe voller Rezepte. Das würde erklären, warum Mutter ihm gesagt hatte, er solle sich diese Farm ansehen. Das war ihre Art, subtil zu sein.

Als Felix herauskam, fand er Edwina in der Küche vor, wo sie eine Tasse vorbereitete, die sie ihm reichte. Kakao mit Marshmallows. Einfach und lecker.

Er nahm einen Schluck, bevor er sagte: »Ich bin überrascht, dass da kein Honig drin ist.«

Sie kicherte. »Das ist eines der wenigen Dinge, die keinen Honig brauchen.«

»Apropos Honig. Diese Badeprodukte sind ganz nett. Hast du schon mal daran gedacht, sie in Serie zu produzieren und zu verkaufen?«

»Nein.«

»Warum nicht?«

»Weil sie zwar fantastisch sind, es aber ein mühsamer Prozess ist, nur einen Vorrat für den persönlichen Gebrauch meiner Familie herzustellen.«

»Nur weil du es von Hand machst. Wir könnten den Prozess automatisieren.«

»Immer noch ein Nein, denn das Rezept ist ein Familiengeheimnis.«

»Und wenn ich dir sage, dass du ein Vermögen machen kannst?«, lockte er.

»Das ist nicht wirklich ein Anreiz. Meine Familie ist schon ziemlich gut versorgt.«

»Wie wäre es dann mit einem kurzen Blick auf das Rezept?« Er schenkte ihr ein gewinnendes Lächeln.

Es scheiterte. »Nein.«

»Warum nicht?«

»Möchtest du ein Wörterbuch, um das Wort *geheim* nachzuschlagen?«

»Und wenn ich etwas kaufen möchte?«

»Tut mir leid, das wird nicht an die Öffentlichkeit verkauft.«

»Aber du hast doch Sachen zu verkaufen. Was kann ich bei dir kaufen?« Denn ihr Zögern war wie ein Ziehen an seinem Schwanz – es waren nicht nur die Tiger, die das hassten.

»Ich fürchte, wir geben diese Information nur an unsere Liste aktiver Kunden weiter.«

Er hätte gefragt, wie man sich diesen anschloss, aber er hatte das Gefühl, dass sie ihn nur wieder zurückweisen würde. »Hast du dein ganzes Leben lang die gleichen Honigprodukte benutzt?«

»Warum ist das wichtig?«

Er deutete auf ihre mittlerweile trockenen Haare. »Weil du tolle Haare hast.« Ein großes Kompliment von ihm.

»Sie sind zu lang«, beschwerte sie sich mit gerümpfter Nase. »Ich habe sie mir vor sechs Monaten schneiden lassen und sie sind schon dreißig Zentimeter gewachsen.«

Sicherlich übertrieb sie.

»Hat deine ganze Familie so dichtes Haar wie du?«, fragte er. »Hat jemand eine Glatze?«

»Nein, obwohl mein Großvater und mein Vater grau geworden sind. Moms Haare sind immer noch so dunkel wie meine.«

»Und du glaubst, das liegt an deinen Honigprodukten?«

Sie rollte mit den Augen. »Was ist das für eine Besessenheit von meinen Haaren? Als Nächstes fragst du noch, ob du sie anfassen darfst.«

»Darf ich sie anfassen?«

Ihre Lippen zuckten. »Ich nehme an, wir reden immer noch über meine Haare.«

»Ja, aber ich wäre auch nicht abgeneigt, dich woanders zu berühren.« Es rutschte ihm heraus, bevor er es aufhalten konnte.

Viele Frauen hätten mit den Wimpern geklimpert und ihn eingeladen. Nicht Edwina.

Sie prustete. »So verzweifelt bin ich nicht.«

»Was soll das heißen?«, fragte er, als sie sich drehte, um ihm Zugang zu ihren langen Locken zu gewähren, die an manchen Stellen noch feucht waren, deren seidige Natur aber trotzdem durchschimmerte.

»Du bist nicht mein Typ. Ich mag große, kräftige Männer, die sich nicht scheuen, schmutzig zu werden.«

»Ich kann schmutzig werden«, grummelte er.

Sie warf ihm einen Blick zu und ein Lächeln umspielte ihre Lippen, als sie sagte: »Ich spreche nicht von der Art, wie es im Schlafzimmer vorkommt.«

»Du unterstellst mir ständig, ich sei nutzlos, und ich würde gern wissen, wie du zu dieser Annahme kommst.«

Sie griff nach seiner linken Hand und zeigte auf seine Handfläche. »Keine Schwielen.«

»Und?«

»Tatsächlich arbeitende Leute haben sie.«

»Nur, weil sie sich nicht um sich selbst kümmern. Ich glaube daran, meinen Körper zu pflegen. Wir haben nur den einen, weißt du.« Er drehte ihre Hände um und strich über ihre Fingerkuppen. »Deine sind nicht sehr rau.«

»Das liegt an dem Honigbalsam, den ich benutze, um Risse zu vermeiden.«

»Das heißt, jemand könnte dich für weich halten.«

Sie brach in Gelächter aus. »Das ist noch nie passiert.«

»Nun, ich verspreche dir, dass diese Hände stark sind, auch wenn sie nicht rau sind. Ich werde es dir beweisen.«

»Wie?«

»Ich schulde dir eine Massage.«

»Bah. Vergiss es. Du hast bestimmt Muskelkater vom vielen Schaufeln.«

»Eine Wette ist eine Wette«, beharrte er. »Setz dich.«

Er drückte sie auf einen Hocker und stellte sich hinter sie, wobei er sich für einen Moment in ihrem Duft verlor. Honig, Frau und Kuschelbär. Er zögerte, seine Hände auf sie zu legen, vor allem, weil er sie wirklich berühren wollte. Er begehrte sie, und obwohl sie es vielleicht behauptete, war es keine Verzweiflung. Felix war noch nie der Typ gewesen, der von Leidenschaft überwältigt wurde. Aber andererseits hatte er auch noch nie jemanden wie Edwina getroffen.

»Ist das eine dieser neumodischen Massagen, bei denen man sich nicht berühren muss?« Sie brummte eine Beschwerde, als er zu lange zögerte.

»Ich dachte, Bären sind geduldig.«

»Weil du offensichtlich schon so viele getroffen hast.« Er musste ihr Gesicht nicht sehen, um zu wissen, dass sie mit den Augen rollte.

»In meiner Position bin ich tatsächlich mehr als nur ein paar begegnet.«

»Oh, und was hast du über meine Art gelernt?«

»Zum einen, dass Bären, je nachdem, wo sie aufgewachsen sind, unterschiedlich sind. Versuche zum Beispiel nie, einen russischen Bären unter den Tisch zu trinken. Die Franzosen sind sehr wählerisch, wenn es um Käse geht. Und wenn du denkst, dass Pandas kuschelig und süß sind, dann stimmt das nur, solange du ihre Teezeremonie nicht vermasselst.«

»Was ist mit amerikanischen Bären?«

»Ich bin noch dabei, dich zu verstehen.« Er knetete ihre Schultern, grub seine Finger hinein und fand die harten Knoten in ihren Muskeln, bearbeitete sie und entlockte ihr einen Seufzer, als ihr Körper sich lockerte.

Er arbeitete sich ihre Wirbelsäule hinunter und widerstand dem Drang, die Massage an ihrer Vorderseite fortzusetzen. Stattdessen kniete er sich hin und kümmerte sich um ihre Füße, wobei er fast einen Tritt ins Gesicht bekam, als sie kicherte, ein süßes, unerwartetes Geräusch.

Er schaute auf, um zu sehen, wie sie verlegen grinste. »Tut mir leid. Kitzelig.«

»Dann werde ich vorsichtig sein.« Er massierte ihre Füße, bis sie stöhnte, anstatt zu kichern, und arbeitete sich an ihren Waden hoch, wo er die Muskeln knetete. Sie hatte wirklich einen straffen Körper, den einer hart arbeitenden Frau.

Mit einem süßen Duft.

Er konnte ihre Erregung riechen. Das konnte sie nicht verbergen. Aber es war auch nichts, worauf er ohne ihre Erlaubnis reagieren konnte. Dennoch musste er sich der Versuchung entziehen.

Er stellte sich zwischen ihre Beine, und sie sah ihn an, die Augen halb geschlossen, die Lippen leicht geöffnet. Sanft. Sinnlich. »Schon fertig?«

»Kommt drauf an. Bist du immer noch angespannt?« Er legte eine Hand auf ihren Oberschenkel und spürte das leichte Zittern.

»Man könnte sagen, dass noch eine gewisse Spannung da ist.«

»Oh. Soll ich dich noch mehr bearbeiten?« Er ließ seine Hand gleiten, bis er den Spalt zwischen ihrem Bein und ihrer Leiste berührte. Er war nahe genug dran, um das Pulsieren ihrer aufkeimenden Erregung zu spüren.

»Bist du sicher, dass du das willst?« Ein sanftes Necken.

Er beugte sich vor, seine Lippen waren nur eine Haaresbreite von ihren entfernt. »Ich –«

Plötzlich kehrte der Strom zurück und mit ihm helle Lichter und Geräusche, die die Stimmung ruinierten.

Edwina rutschte plötzlich von ihm weg und sagte: »Strom ist ein gutes Zeichen, denn es bedeutet, dass die Straßen geräumt werden und die Arbeiter herumfahren können. Es sollte nicht mehr lange dauern, bis du gerettet wirst.«

Sie ging ins Wohnzimmer und er starrte ihr hinterher, wobei er betete, wie er es noch nie zuvor getan hatte, dass ein weiterer Sturm ihn hier halten würde.

Kapitel Sieben
AM ABEND DES FÜNFTEN
BÄRNACHTSTAGES SCHENKTE EIN
PRINZ MIR - EINEN GRUND, EIN
PAAR BATTERIEN AUSZUGRABEN.

DER STROM BLIEB NICHT LANGE AN, DA EIN zweiter Sturm aufzog. Gut, dass Edwina einen mit Propangas betriebenen Herd zum Kochen und für heißes Wasser hatte. Und was ihren Kühlschrank anging, so hatte sie bereits alles draußen in eine Kühlbox gestellt, damit es nicht verdarb. Bei Bedarf konnte sie jederzeit den Generator anwerfen, um Strom zu bekommen.

Sie hätte schwören können, dass Felix zufrieden aussah, als er aus dem Fenster auf den sich verdunkelnden Himmel starrte, der von neuem Schneefall getrübt war. »Ich schätze, ich werde hier noch eine Weile festsitzen.« Eine fast fröhliche Aussage.

Er mochte glücklich sein, aber Edwina bewegte sich eher am Rande der Frustration. Er war schuld, dass sie erregt war. Überraschend, wenn man bedachte, dass sie nicht einmal sicher war, ob sie den eitlen Kater mochte. Aber eine Sache musste sie ihm lassen. Er war ihr klaglos zu Hilfe geeilt und hatte dann die verlorene Wette eingelöst. Wer wusste, was passiert wäre, wenn der Strom den Moment nicht ruiniert hätte.

Okay, sie wusste es. Sie hätten den horizontalen Bärentango getanzt. Aber es war eine Sache, mit einem Prinzen, den sie kaum kannte, im Dunkeln zu schlafen, und eine andere, es mit offenen Augen zu tun.

Obwohl sie im Nachhinein nicht sagen konnte, was den Unterschied ausmachte. Es war ja nicht so, als würde es etwas bedeuten. Sex ohne Bedingungen. Sie machte das ständig und würde wetten, dass er es auch tat. Doch aus irgendeinem Grund fühlte es sich bei Felix anders an. Die Art, wie ihre Haut kribbelte, wenn er sich ihr näherte, wie sie ihn wahrnahm, und was an seinem Duft fand sie so köstlich? Seit sie seinen eisgekühlten Hintern zurückgebracht hatte und er aufgetaut war, war es ihr aufgefallen. Es ließ ihr das Wasser im Mund zusammenlaufen, was normalerweise nur bei Opas Honig-Lachs und Moms Honigkuchen der Fall war.

Ihre Anziehung machte sie nur misstrauisch. Deshalb verbrachte sie die wenigen Stunden, in denen sie Strom hatten, damit, eine Ladung Wäsche zu waschen – denn anscheinend brauchte sie saubere Unterhosen, wenn er blieb – und ein paar Filme auf ihren Laptop herunterzuladen, den sie zusammen mit ihrem Handy ebenfalls auflud.

Auf dem Handy waren mehr als nur ein paar Nachrichten. Alle von den Rudellöwen.

Arik begann mit einer Entschuldigung. *Es tut uns leid, dass du Unannehmlichkeiten hattest. Du wirst dafür entschädigt werden.*

Sie antwortete: *Keine Sorge.*

Ein ganz normales Gespräch.

Es waren die Schlampen, die einen Schritt zu weit gingen.

Musstest du letzte Nacht mit dem Prinzen kuscheln, um dich warm zu halten? Die Frage der grenzenlosen Melly.

Also, musst du gerettet werden oder willst du den Löwen bis zur Erschöpfung reiten, bevor du ihn ausgewrungen und trocken zurückschickst? Eine dreiste Frage von Luna.

Meena schickte nur Emojis. Pfirsich. Aubergine. Feuerwerk und ein Herz.

Joan schickte einen weinenden Löwen, ein spezielles Symbol, zu dem anscheinend nur das Rudel Zugang hatte.

Warum gingen alle davon aus, dass sie und der Prinz miteinander geschlafen hatten?

Klar, er wirkte eigentlich ganz nett und nicht so versnobt, wenn sie nur zu zweit waren. Er hatte ihr in der Hütte geholfen, Dinge in Ordnung gebracht und sich auf den nächsten Stromausfall vorbereitet.

Er hatte witzige Geschichten erzählt und tatsächlich einen scharfen Verstand bewiesen. Ganz zu schweigen von seinem guten Sinn für Humor, da er nicht beleidigt war, wenn sie ihn wegen seiner Haare und seiner Hautpflege aufzog.

Zu ihrer Verteidigung: Einen Mann zu sehen, der seine Gesichtsmuskeln mit einer seltsamen Wellenbewegung trainierte, um sie locker zu halten und Falten vorzubeugen, gab Anlass zu Spott. Aber sie musste zugeben, dass ihr der Anblick, wie er Yoga machte, um seine Muskeln zu dehnen, das Wasser im Mund zusammenlaufen ließ.

Sie dachte an ihn, vornübergebeugt und den Hintern in der Luft, als sie an diesem Abend ins Bett ging.

Allein.

Obwohl sie sich einen Film ansahen, ihre Sessel dicht nebeneinander, damit sie den Laptopbildschirm sehen konnten, benahm er sich wie ein perfekter Gentleman und ließ sich von ihrer Anwesenheit überhaupt nicht beeindrucken.

Sie konnte nicht dasselbe behaupten. Es dauerte eine Weile, bis sie einschlief, und als sie abrupt aufwachte, fragte sie sich nicht lange warum.

»Was willst du?«, brummte sie. Der Prinz stand erneut in ihrem Zimmer, in Opas kariertem Schlafhose und einem fast dazu passenden Hemd. Das hätte nicht sexy sein sollen. Was bedeutete es, dass sie sich wünschte, er wäre einfach zu ihr ins warme Bett geschlüpft? Der Mann schien kräftiger zu sein, als sie zunächst gedacht hatte. Genug, um einen anstrengenden Ritt zu überstehen?

»Ich habe etwas gehört«, sagte er, anstatt seine Hose auszuziehen, was bedeutete, dass sie wirklich wach war und dies nicht zu einem feuchten Traum werden würde.

»Es ist ein altes Haus. Es knarrt.« Sie drehte sich in ihrem Bett um und bemerkte dabei ihren Vibrator auf dem Nachttisch, der im Licht des Dreiviertelmondes, das durch das Fenster fiel, kaum zu sehen war. Aber was sollte es schon, wenn er ihn sah?

Sie ließ eine Hand hervorschnellen und zog ihn unter die Bettdecke, damit er ihn nicht bemerken würde.

Er hatte ihn bemerkt, da er förmlich schnurrte: »Warst du es, die ich gehört habe?«

»Was hast du gehört?«

»Etwas, das eindeutig motorisiert ist.«

Moment, wollte er ihr etwa sagen, dass er sie vorhin beim Masturbieren gehört hatte? Manche Frauen hätten sich vielleicht versteckt, nachdem sie bei der Selbstbefriedigung entdeckt worden waren. Edwina war das egal. »Ich bin überrascht, dass du es gehört hast, da die Batterien praktisch leer waren«, sagte sie, während sie sich auf den Rücken drehte, um ihre Sexualität zu stehen. Sie begegnete seinem amüsierten Blick.

»Sofern du ihn in den letzten Minuten nicht an einen Generator angeschlossen hast, bezweifle ich, dass das Geräusch von dir kam. Es klang wie ein Motor.«

»Wahrscheinlich der vorbeifahrende Schneepflug.«

»Aber es kam aus dem Wald.«

Das erregte ihre Aufmerksamkeit. Sie setzte sich auf, woraufhin ihr die Decke bis zur Taille fiel und ihre Brüste entblößte. Sein Blick glitt zu der Stelle. Noch vor einer Sekunde hätte sie ihren Rücken als subtile Einladung gekrümmt, aber jetzt hatte sie Fragen.

»Wie kommst du darauf, dass es aus dem Wald kam? Hast du etwas gesehen?«

Er schüttelte den Kopf. »Ich bin noch nicht rausgegangen, um nachzusehen. Ich dachte, ich sollte dir vorher Bescheid sagen.«

Sie rollte sich aus dem Bett, ohne einen Schlafanzug zu tragen. Sein Blick verweilte auf ihren Brüsten. Ihre Brustwarzen wurden hart – und das nicht, weil die kalte Luft sie küsste.

»Schneit es noch?«, fragte sie, während sie nach dem Kleiderstapel griff, den sie auf einen Stuhl geworfen hatte.

»Nein, aber der Wind peitscht den Schnee umher und sorgt dafür, dass die Sichtbarkeit in bestimmten Momenten eingeschränkt ist.«

»Und du bist sicher, dass du etwas gehört hast?«

Das war durchaus möglich, denn sie hielt praktisch Winterschlaf, sobald sie eingeschlafen war.

»Ja, aber gleichzeitig, wie? Ich meine, die Straßen sind voller Schnee und es ist nicht so, als könnte man durch deinen Wald fahren.«

»Nicht auf vier Rädern, aber ein Schneemobil hätte keine Probleme.« Aber warum jemand um diese Zeit auf ihrer Farm unterwegs sein sollte, war eine ganz andere Frage. »Bleib hier, während ich mir das ansehe.«

»Das glaube ich nicht.«

»Es wird kalt und dunkel sein, Simba.«

»Ich ziehe mich entsprechend an, um warm zu bleiben.«

»Du bringst dein schönes Haar durcheinander.«

»Dann werde ich es kämmen, wenn wir beide zurückkommen.«

Er konterte alle ihre Argumente. »Wie auch immer. Ich ziehe mich an und bin gleich unten.« Nicht dass sie wirklich um zwei Uhr morgens vor die Tür gehen wollte, aber ein Farmer hatte nicht immer feste Arbeitszeiten. Selbst einer, der sich um Bienen und Bäume kümmerte.

Erst als sie sich einen Pullover überzog, den Oma mit einem psychedelischen Arrangement aus Schneeflocken gestrickt hatte, kam ihr der Gedanke, dass es vielleicht besser wäre, wenn sie als Bär herumstöbern ging. Es war zwar unwahrscheinlich, dass sie es mit Eindringlingen zu tun hatte – denn bei diesem Sturm waren nur Idioten unterwegs –, aber als Bär konnte sie sich schneller bewegen und hatte bessere Sinne.

Sie ging die Treppe hinunter und fand den Prinzen in voller Montur vor, der in der Dunkelheit kaum zu erkennen war. Seine Zähne blitzten auf, als er sagte: »Du brauchst vielleicht eine Hose. Es ist kühl draußen.«

»Ich werde als mein Bär herumstöbern. Mal sehen, ob ich irgendwelche Gerüche wahrnehme.«

»Gibt es einen Grund, warum jemand nachts hierherkommen sollte?«

»Keinen guten.« Es war lange her, dass sie es mit Baumdieben zu tun gehabt hatten. Opa und Mom hatten den Möchtegern-Axtmördern eine Lektion erteilt, die sie nie vergaßen.

»Hast du eine Waffe, die ich benutzen kann?«

»Wir sind ein waffenfreies Haus. Aber im Schirmständer ist ein Baseballschläger.«

»Was ist mit einer der Äxte, die du neulich hattest?«

»Die sind im Schuppen, der, wie ich dir jetzt schon sagen kann, vermutlich größtenteils unter einer Schneewehe vergraben ist. Wenn du also keine Lust hast, lange zu graben, würde ich den Schläger nehmen.«

Außerdem hatte sie nicht vor, ihm eine scharfe Klinge in die Hand zu geben. Was, wenn er schlecht zielte und ein wichtiges Teil abschnitt?

»Sollen wir die Polizei rufen?«

»Und was sagen? Du hast ein Geräusch gehört?«

Er presste die Lippen fest zusammen. »Verzeih mir. Bei mir zu Hause werden Geräusche mitten in der Nacht mit äußerster Vorsicht behandelt.«

»Hör zu, Null Null Kätzchen, das hier ist eine Honig- und Weihnachtsbaumfarm, keine geheime Operationsbasis, kein Munitionsversteck oder irgendetwas anderes, das diesen Ort zu einem Ziel für irgendetwas besonders Ruchloses machen würde.«

»Trotzdem ziehst du dich an und machst dich bereit, in den Sturm hinauszugehen.«

»Wenn jemand mit einem Schneemobil oder so durch den Wald gefahren ist, will ich wissen warum. Vielleicht steckt derjenige in Schwierigkeiten.«

»Oder er ist hinter jemandem her.«

Sie prustete. »Hinter dir? Warum sollte jemand hinter dir her sein? Ich dachte, deine Schwester wäre die Königin.«

»Zukünftige Königin. Meine Mutter ist noch am Leben.«

»Ich dachte, deine Schwester war die erste Frau, die diese Rolle übernommen hat.«

»Die erste, die sie erbt. Es ist schon ein paarmal vorgekommen, dass starke Alphaköniginnen das Rudel übernommen haben, wenn ihre Ehemänner gestorben sind und die Erben noch erwachsen werden mussten.«

»Und was hat das damit zu tun, dass dich jemand umbringen will?«

»Nichts. Ich weiß nur, dass man es in der Vergangenheit auf mich abgesehen hatte.«

»Und offensichtlich bist du entkommen, denn du sitzt hier.«

»Wir sind leichte Beute.«

»Wohl kaum. Mach dir keine Sorgen, Prinz Simba. Ich werde dich beschützen.« Sie tätschelte seinen Arm, bevor sie ihr Hemd auszog, es auf einen Küchenstuhl warf und nach draußen ging, in der Hoffnung, dass er so schlau war, die Tür hinter ihr zu schließen.

Als sie auf der Veranda ankam, roch sie verbranntes Öl und Abgase. Der Prinz hatte sich das Motorengeräusch nicht eingebildet. Jemand war vor Kurzem mit einem Schneemobil vorbeigefahren. Sie folgte der verweilenden Duftspur zu ihrer Scheune, einem massiven, wetterfesten Gebäude ohne Fenster, das zwar auf beiden Seiten riesige Türen hatte, aber sie fand den Motorschlitten an der viel kleineren Eingangstür vor. Sie beschnupperte den Schlitten, den sie nicht erkannte. Ein abgenutzter Arctic Cat mit abblätternden und verblassten Aufklebern. Kein Fahrer, die Schlüssel steckten im Zündschloss. Der überwältigende Brandgestank verdeckte alle anderen Gerüche.

Sie schnupperte außerhalb des Gebäudes, obwohl sie wusste, dass der Fahrer des Schlittens durch die Seitentür gegangen war. Am besten stellte sie sicher, dass er keinen Komplizen hatte, bevor sie ihm hinein folgte. Der Schnee rund um das Gebäude blieb unberührt, sodass sie, sobald sie den Rundgang beendet hatte, bereit war, denjenigen zu konfrontieren, der in ihre Scheune eingebrochen war, eine Scheune, in der ihre wertvollen Bienenstöcke während der Wintermonate untergebracht waren.

Zu ihrer Überraschung schien der Prinz bereits eingetreten zu sein, während sie die andere Seite ausgekundschaftet hatte. Sie roch ihn an der Tür, die er geschlossen hatte, sodass sie sich verwandeln musste, um sie zu öffnen. Es war kühl an ihren nackten Stellen. Schnell betrat sie die Scheune, in der es wesentlich weniger kalt war als draußen, aber dunkel, da der Strom ausgefallen war. Der einzige Grund, warum es in dem riesigen Raum noch ein wenig warm war, waren die Solarpaneele, die die Heizungen versorgten, damit der Raum nicht einfror.

Anstatt sinnlos den Lichtschalter zu betätigen, fuhr sie mit den Fingern am oberen Türsturz entlang, wo sie ein Feuerzeug für die Laterne aufbewahrte, die sie an einem Haken über der Tür hängen hatte. Großvater sagte immer, dass überflüssige Systeme, wie zusätzliches Licht in einer wenig genutzten Scheune, nur so lange dumm erschienen, bis man sie brauchte. Es dauerte ein wenig, bis sich der Docht entzündete und sie etwas sehen konnte.

Das Licht offenbarte Bienenstöcke, drei Reihen breit und acht tief. Die Reihen waren fast so hoch wie sie, trügerische Wächter, die ihr die Sicht versperrten.

Sie verbargen jedoch nicht das angestrengte Schnaufen des Prinzen, der sich mit jemandem prügelte.

Wehe, wenn sie eines ihrer Bienenhäuser umstießen. In jedem von ihnen lebte eine wertvolle Königin. Sobald der Winter das Land nicht mehr im Griff hatte, würden die Kästen zu den Bienenständen gebracht werden – Felder, die eigens für die Bienen angelegt worden waren. Wenn sie überlebten.

Sie zuckte zusammen, als einer ihrer Bienenstöcke wackelte und dabei ein unverwechselbares Geräusch von sich gab. Aber es gab ihr eine Richtung vor, in die sie gehen konnte. Mit der Laterne in der Hand ging sie an der ersten Reihe der Bienenstöcke vorbei. Zwischen der fünften und sechsten Reihe fand sie die Kämpfer.

Felix rang mit einem anderen Mann, der von Kopf bis Fuß in Winterkleidung steckte, darunter eine Sturmhaube und eine Schutzbrille. Als sie zusah, schlug der nicht ganz so schwache Prinz dem Eindringling einmal, zweimal ins Gesicht. Offensichtlich hatte er ein paar Boxstunden genommen. Der Eindringling holte aus und traf nicht einmal annähernd. Felix' nächster Schlag traf sein Ziel. Ein Aufschrei ertönte und eine Nase knackte. Der Geruch von Blut erfüllte die Luft, ebenso wie ein Blubbern.

»Mistkerl.« Eine nasse, gegurgelte Beschwerde.

Felix zerrte die Person auf die Beine und schüttelte sie, wobei er knurrte: »Wer bist du? Was hast du hier zu suchen?«

Edwina wusste zwar nicht, was er auf der Farm zu suchen hatte, aber sie erkannte den Eindringling. So nahe, trotz Sturmhaube und Schutzbrille, war der Geruch nicht zu verwechseln. »Das ist Barry Kolman. Mein Ex-Freund.«

Kapitel Acht
AM FÜNFTEN WEIHNACHTSTAGE
SCHENKTE EIN GRÜNÄUGIGES
MONSTER MIR – EINEN SCHWEREN
FALL VON EIFERSUCHT.

Aus irgendeinem Grund wollte Felix, als er das Wort »Ex-Freund« hörte, den Typen schlagen, den er in Edwinas Scheune überwältigt hatte. Ihm immer wieder eine reinhauen.

Er, eifersüchtig? Niemals.

Das Einzige, worum er andere Leute jemals beneidete, war ihr tolles Haar. Aber zu wissen, dass dieser Mann Edwina angefasst hatte –

Klatsch.

»Au. Was zum Teufel?« Der Schlappschwanz – dem Geruch nach ein Mensch – taumelte und hielt sein Gesicht.

»Ja, was zum Teufel, Barry?«, fauchte Edwina ihren Ex wütend an. Würde es ihr etwas ausmachen, wenn er Barry erneut schlug?

»Er hat mich geschlagen«, klagte Barry jammernd.

Felix zog die Oberlippe zurück. »Willst du, dass

ich dich noch einmal schlagen?« Felix hoffte wirklich, dass er Ja sagen würde.

»Immer langsam, Rocky.« Sie hob eine Hand in Felix' Richtung und richtete ihren Zorn auf Barry, einen Mann, der ein paar Zentimeter größer und wahrscheinlich dreißig Zentimeter breiter war als Felix. War das die Art von Mann, die sie anzog? »Was machst du hier?«, fragte Edwina.

»Die bessere Frage wäre: Warum bist du nackt?« Barry schob seine Brille hoch und starrte auf ihre Kurven.

Felix grummelte unzufrieden. »Augen abwenden oder ich werde sie dir rausnehmen.«

Seine Drohung brachte Edwina zum Lachen. »Lass ihn doch gucken. Wenn er mich jedoch anfasst, kannst du ihn fressen.«

Oh ja, das würde er tun. Obwohl er hoffte, dass der Typ etwas versuchte, beschloss Felix, den Mistkerl nicht in Versuchung zu führen, und zog seinen geliehenen Mantel aus, um ihn um Edwina zu legen.

»Wer zum Teufel ist dieser Typ?« Barry zeigte mit dem Daumen auf Felix.

»Das geht dich nichts an.«

»Es geht mich sehr wohl etwas an.« Barry schien zu denken, dass er Edwina einschüchtern könnte. Natürlich funktionierte das nicht. Wahrscheinlich erklärte das, warum er ein Ex-Freund war.

»Genug.« Edwina schnippte mit den Fingern. »Wechsle nicht das Thema. Warum bist du hier?«

Barry nahm seine kaputte Schutzbrille komplett ab und warf sie weg, bevor er seine blutgetränkte Gesichtsbedeckung abzog, was sein Aussehen nicht gerade verbesserte. »Ich wusste, dass in deiner Gegend der Strom ausgefallen ist und die Straßen blockiert sind, also bin ich gekommen, um nach dir zu sehen.«

Sie zog skeptisch die Augenbrauen hoch. »Um drei Uhr nachts?«

»Ich konnte nicht schlafen?« Er klang nicht überzeugt von seiner eigenen Lüge.

»Und du wolltest nach mir sehen, indem du in meine Scheune einbrichst?«

»Ich wollte dich nicht wecken, also wollte ich mich hier drin warm halten, bis du aufwachst.«

»Blödsinn«, rief Felix.

»Ich habe nicht mit dir geredet, du Arschloch. Wer zum Teufel bist du überhaupt?« Barry funkelte in seine Richtung.

Bevor Felix etwas erwidern konnte, zog Edwina ihn in eine halbe Umarmung. »Das ist Simba, mein Freund.«

»Ihr seid zusammen? Seit wann?«, rief Barry.

»Seit ich einen hübschen Mann gefunden habe, der sich mit dem Körper einer Frau auskennt. Im Gegensatz zu einigen Leuten, die ich früher kannte.«

Felix grinste fast über diese Bemerkung, obwohl er wusste, dass sie log, um ihren Ex zu ärgern.

»Das glaube ich nicht. Ich habe den Kerl hier noch nie gesehen.«

Sie zog eine Augenbraue hoch. »Spionierst du mir nach, Barry?«

Als er merkte, dass er es vermasselt hatte, änderte Barry seine Taktik. »Du bist mir wichtig, kleine Pu.«

Sie zuckte zusammen. »Nenn mich nicht so. Du weißt, dass ich den Namen hasse.«

»Was soll ich sagen? Du bist einfach so süß und knuddelig wie der Bär.« Barry versuchte, charmant zu sein, und Edwinas Miene wurde noch finsterer.

»Und das ist nur einer der Gründe, warum wir kein Paar sind«, murmelte sie.

»Ich hätte gedacht, dass es daran liegt, dass die ganzen Steroide, die er genommen hat, ihn dumm gemacht haben«, warf Felix in der Hoffnung ein, Barry würde den Köder schlucken und ihn zuerst angreifen, damit er ihn hart schlagen konnte.

»Verpiss dich.« Barry reagierte verbal, anstatt mit seiner Faust zuzuschlagen. »Ich versuche, mit Edwina zu reden.«

»Nun, ich will nicht mit dir plaudern. Es ist ungefähr vier Uhr morgens.«

»Ich konnte keine Sekunde länger warten, um dir meine Gefühle für dich zu gestehen.«

»Was für Gefühle? Denn ich glaube, als ich Schluss gemacht habe, hast du gesagt, ich sei eine fettärschige, langweilige Sau und du könntest es besser treffen.«

»Damals war ich wütend. Ich habe es nicht so gemeint.«

»Und du hast so lange gebraucht, um dich zu entschuldigen?«

»Ich dachte, du warst wütend und brauchtest Zeit, um dich zu beruhigen.«

»Warum sollte ich wütend sein? Deine Meinung bedeutet buchstäblich nichts.«

»Ich sehe, du bist immer noch wütend.«

»Nein, ich bin eher genervt, dass ich mich mit dir herumschlagen muss. Wir waren nicht einmal so lange zusammen. Wie lange war es, etwa ein Monat?«

»Fast drei Monate. Die besten meines Lebens.«

Edwinas Lachen klang lauter als Felix' Staunen. »Ich kann nicht glauben, dass du das gerade gesagt hast. Was für ein Haufen Scheiße. Jetzt aber genug mit dem Mist. Was ist der wahre Grund für deinen Einbruch in meine Scheune?«

»Ich bin nicht eingebrochen.« Eine seltsame Entgegnung, wenn man bedachte, wo sie diskutierten.

Es war Felix, der sagte: »Er hat zwei Schlüssel bei sich.« Er konnte das Metall riechen.

»Meine fehlenden Schlüssel. Du hast sie genommen!« Sie sah Felix an und fügte hinzu: »Ich dachte, ich hätte sie verloren.« Zu Barry sagte sie: »Du hast sie an dem Abend genommen, an dem du bei mir übernachtet hast.«

»Wir waren zusammen. Es war mein Recht.«

»Von wegen«, knurrte sie. »Du hättest sie zurückgeben sollen, als ich dir gesagt habe, dass ich dich nicht mehr sehen will.«

»Ich dachte, es wäre nur vorübergehend.«

»Bist du bescheuert? Glaubst du wirklich, ich würde dich zurücknehmen, nachdem du so ausgeflippt bist? Ich kann mir nur vorstellen, was du getan hättest, wenn wir alleine statt in der Öffentlichkeit gewesen wären.«

Moment, hatte Edwina etwa Angst, dass der Typ ihr wehtun könnte?

»Ich habe dich nie angefasst.«

»Weil du keine Chance hattest. Und bevor du fälschlicherweise behauptest, du hättest das nie getan, ich weiß, dass du wegen Körperverletzung verhaftet wurdest. Immerhin bist du so fortschrittlich, dass du sowohl Männer als auch Frauen schlägst.«

Felix starrte Barry an. »Bei deiner Größe? Was für ein Arschloch bist du?«

»Die Art, die gehen muss. Gleich nachdem er mir die Schlüssel übergeben hat.« Edwina streckte ihre Hand aus.

»Frag mich nett.« Barry verstand es wirklich nicht.

Felix schlug ihm in den Bauch und sagte: »Behalte sie. Ich kann das den ganzen Tag machen.«

Leider zog Barry den Schwanz ein. Ein klimperndes Schlüsselbund kam zum Vorschein.

Edwina schnappte es sich. »Ich hoffe, du hast sie nicht nachmachen lassen.«

»Oder was? Willst du deinen Freund auf mich hetzen?«

Wenn ein Löwe Eitel ist

»Nicht nötig, wenn ich dich selbst schlagen kann«, knurrte sie.

»Du würdest mir nicht wehtun.«

»Willst du mich wirklich auf die Probe stellen?«

»Wage es nicht, mir zu drohen. Ich kenne Leute.« Barry hatte die Frechheit, sie zu warnen.

»Hat dir keiner dieser Leute gesagt, dass es eine idiotische Idee ist, im Dunkeln im Schneesturm herumzufahren?«

»Ich bin mit heldenhaften Absichten hergekommen.« Der Mann warf sich in die Brust, während er log. Dick. Muskulös. Aber Felix wusste bereits, dass das eher hübsch als nützlich war.

»Ich muss nicht gerettet werden. Wie du sehen kannst, geht es mir gut.«

»Du siehst aber nicht gut aus, wenn man bedenkt, dass du ohne Kleidung in der Kälte stehst. Hat dieser Mann dich bei dem Sturm von zu Hause verjagt?«

Felix zog eine Augenbraue hoch, aber bevor er eine Antwort formulieren konnte, hatte Edwina erneut eine. Eine gute.

»Oh, er hat mich wirklich gejagt. Als Teil unseres Vorspiels.« Sie drückte ihn noch einmal fest an sich, und es kostete ihn einige Anstrengung, es nicht auszunutzen. »Das nennt man Eissprung-Sex. Sehr gut, um das Blut in Wallung zu bringen. Aber jemand wie du, dem es an *Ausstattung* mangelt, sollte vorsichtig sein, damit du dir das bisschen, das du hast, nicht abfrierst.«

Es kostete Felix all seine Kraft, nicht in Gelächter auszubrechen, als er Barrys Gesichtsausdruck sah.

»Du verdammte H-«

Barry beendete den Satz nicht. Felix' Faust tat es.

Der liegende Mann stöhnte auf, als Edwina sich über ihn stellte und amüsiert sagte: »Habe ich vergessen zu erwähnen, dass Simba meine Ehre ernst nimmt?«

Barry hatte seine Lektion offenbar nicht gelernt. »Dein Freund kann deinen fetten Arsch gern haben.«

Als Felix ihn für einen weiteren Schlag auf die Beine zerrte, legte Edwina ihm eine Hand auf die Brust. »Ist schon gut, mein tapferer Löwe. Wir wissen beide, dass Barry nur sauer ist, weil er nicht Manns genug war, um mit mir fertigzuwerden, du aber schon.«

Felix stieß den anderen Mann von sich, damit er Edwina an sich ziehen konnte. Er umfasste diese üppigen Backen und er konnte nicht anders, als zu knurren: »Du bist perfekt, Honigbär.«

Einen Moment lang starrte sie ihn an, wobei ihr der Atem zwischen den geöffneten Lippen stockte. Ihre Augen waren weit aufgerissen. Wahrscheinlich dachte sie, dass er den Moment für Barry hochspielte.

Er meinte jedes verdammte Wort. Und um es zu beweisen, küsste er sie. Er hätte sie für immer geküsst, wenn nicht jemand gewürgt hätte. Ein verärgertes Knurren ertönte, als sie sich zu dem Eindringling umdrehten, der sich die blutige Nase abwischte, während er sich an einen Bienenstock lehnte.

»Ihr bringt mich auch noch zum Würgen«, jammerte Barry nasal.

»Verschwinde«, befahl sie.

»Das werde ich, aber ich werde bei der Polizei eine Anzeige wegen Körperverletzung erstatten«, erklärte Barry.

»Mach nur. Und dann werde ich auch Anzeige erstatten. Unerlaubtes Betreten, Einbruch, Angriff auf meinen Freund.« Sie zählte es an ihren Fingern ab.

»Er hat mich zuerst geschlagen«, merkte Barry an.

»In Notwehr«, konterte sie. »Was hast du denn erwartet, wenn du wie ein Einbrecher herumschleichst? Du hast Glück, dass mein Großvater nicht hier ist, sonst würdest du die Wildblumen des nächsten Jahres für die Bienen düngen.«

Barry fiel die Kinnlade herunter. »Was zum Teufel? Drohst du damit, mich umzubringen?«

»Ich?« Sie klimperte unschuldig mit den Wimpern. »Das würde ich nie tun.«

»Aber ich schon«, warf Felix mit einem räuberischen Lächeln ein.

Barry, dem noch immer der Mund offen stand, hatte nichts zu erwidern.

»Du sagst die heißesten Sachen«, sagte Edwina, bevor sie Felix' Wange küsste.

»Ich würde stattdessen lieber Sachen tun.« Felix warf Barry, der schwer schluckte, einen bösen Blick zu.

»Klingt vielversprechend. Lass mich den Müll loswerden.« Sie deutete auf Barry. »Raus. Sofort.«

Wahrscheinlich hätte sie ihn mehr über seine Beweggründe ausfragen sollen, aber es war mitten in der Nacht und sie hatte Gesellschaft.

Barry öffnete den Mund und Felix lächelte, als er sagte: »Nur zu, sag etwas Dummes. Ich habe kein Problem damit, eine Schaufel zu finden, um deine Leiche zu vergraben.«

»Ich weiß genau den richtigen Ort«, scherzte Edwina.

Barry begriff endlich und stapfte davon. Einen Moment später hörten sie das Surren des Schneemobils. Diesmal mit eingeschaltetem Licht, denn Barry hatte die kaputte Nachtsichtbrille, die er zuvor getragen hatte, zurückgelassen. Ein Mann, der vorbereitet kam.

Felix bückte sich, um sie aufzuheben, und ließ sie am Gurt baumeln. »Er hat gelogen, was den Grund seines Kommens angeht.«

»Was du nicht sagst.«

»Wir hätten ihn nach dem wahren Grund für seinen Einbruch befragen sollen.«

»Wahrscheinlich war er hinter einer meiner wertvollen Königinnen her.«

»Ich komme zwar aus Übersee, aber selbst ich bin nicht so leichtgläubig zu glauben, dass es einen Markt für Honigbienen gibt.«

»Nicht nur irgendwelche Bienen. Meine Königinnen. Weißt du, wie viele Angebote meine Familie im Laufe der Jahre abgewehrt hat?«

»Ein Kaufangebot ist weit von Diebstahl entfernt. Glaubst du, dass dein Ex deshalb hier war? Könnte er herausgefunden haben, dass sie wertvoll sind?«

»Du hast nicht geglaubt, dass er es plötzlich nicht mehr ausgehalten hat, ohne meine überschäumende Persönlichkeit zu leben?«

»Ich denke, ich kann nicht glauben, dass du drei Minuten mit ihm zusammen warst, geschweige denn Monate.«

Sie rümpfte die Nase. »Ich war gelangweilt. Er war verfügbar und kräftig. Ich dachte wirklich, es wäre vorbei. Ich bin nicht der Typ, dem Männer nachtrauern.«

Die Behauptung ärgerte ihn. »Warum sagst du das?«

»Du hast doch gehört, was er gesagt hat.« Sie zuckte mit den Schultern. »Glaube nicht, dass ich das sage, um Mitleid oder motivierende Reden darüber zu bekommen, wie großartig ich bin. Ich weiß, dass ich großartig bin, und vielleicht treffe ich eines Tages jemanden, der mir zustimmt. Bis dahin benutze ich die Barrys dieser Welt, um Bedürfnisse zu stillen.«

Felix biss sich auf die Zunge, bevor er die Worte, die ihm auf der Zunge lagen, nicht mehr zurücknehmen konnte – *ich finde dich großartig*. Stattdessen sagte er: »Wieso hast du keine Alarmanlage?«

Sie prustete. »Es ist Honig, kein Ahornsirup. Kein Grund für so strenge Maßnahmen. Nicht dass es eine Rolle gespielt hätte. Der Strom ist ausgefallen.«

»Du solltest dich vielleicht um ein Upgrade kümmern, da du hier draußen allein bist. Gut, dass ich in der Nähe war.«

Edwina schnaubte spöttisch. »Bitte. Als bräuchte ich Hilfe bei einem Menschen.«

»Unterschätze sie niemals. Ganz zu schweigen davon, dass ein verschmähter Liebhaber das Gefährlichste ist, was es nach einer verwundeten Bestie gibt.«

»Ich wäre schon damit klargekommen.«

»Das hätte aber nicht nötig sein sollen. Es gibt keine Entschuldigung für einen Mann, der nicht zuhört, wenn eine Frau Nein sagt.«

Sie tätschelte seine Wange. »Du bist fast niedlich, wenn du unnötig beschützerisch bist.«

Fast niedlich?

Er staunte nicht schlecht, als sie seinen Mantel auszog und ihm zurückgab. »Den brauchst du, wenn du deine kostbare Haut vor Erfrierungen bewahren willst.«

»Was ist mit dir?«

»Was ist mit mir?«, scherzte sie und zwinkerte. »Falls du es noch nicht bemerkt hast, dieser Bär ist gut ausgestattet.« Sie wackelte mit dem Hintern, als sie davonschlenderte. Ihr Necken reichte fast aus, dass er nach ihr griff und ihr zeigte, wie sehr er diesen Hintern mochte.

Bevor er etwas tun konnte, verwandelte sie sich wieder in ihre Bärengestalt. Sie musterte ihn und dann die Tür, wobei die Andeutung offensichtlich war. Er hielt sie auf und sah zu, wie sie wieder in den Sturm hinaustrottete.

Grr. Am liebsten wäre er drinnen geblieben, wo ihm der Schnee nicht ins Gesicht peitschte. Aber er würde sie nicht allein lassen. Was, wenn Barry gar nicht wirklich gegangen oder nicht allein gekommen war? Hinter dem Einbruch des Mannes steckte mehr als nur seine angebliche Besessenheit von Edwina. Felix schaute sich in der Scheune mit den abgedeckten Bienenstöcken um, in denen die Bienen überwinterten.

Sicherlich hatte der Mensch nicht versucht, sie zu stehlen? Auf seinem Schneemobil hätte er auf keinen Fall auch nur einen einzigen transportieren können. Was war also sein wahres Ziel? Hoffentlich nicht, Edwina zu verletzen, die allein losgezogen war.

Felix trat in die eisige Luft hinaus und dachte sehnsüchtig an das warme Bett, das er verlassen hatte. Bald würde er wieder unter der Bettdecke liegen. Das hoffte er.

Mit den Schlüsseln, die sie Barry abgenommen hatten, schloss er die Scheune ab, bevor er den Bärenspuren folgte, die in die gleiche Richtung führten wie die Spur, die das Schneemobil hinterlassen hatte. Sie schien sich zu vergewissern, dass Barry wirklich weg war.

Kaum zu glauben, dass sie mit dem Kerl ausgegangen war. Sicher, er war hübsch und hatte passable Haare, aber er war offensichtlich ein Arsch. Und ein

Mensch. Eine überraschende Wahl, wenn auch nicht gänzlich unbekannt. Gestaltwandler mussten dafür sorgen, dass ihre Blutlinie nicht versiegte, was bedeutete, dass sie auch außerhalb ihres Rudels oder, in diesem Fall, ihrer Meute heirateten. Da Bären im Vergleich zu Löwen eine niedrige Geburtenrate hatten, hatten sie noch weniger Auswahl, wenn es darum ging, sich mit ihrer eigenen Art zu paaren.

War Edwina der Typ, der heiraten wollte?

Felix hatte kein Interesse daran, obwohl er einen Anflug von Freude verspürt hatte, als sie ihn als ihren Freund bezeichnete. Seltsam, denn normalerweise vermied er jede Art von Beziehung, auch wenn die Klatschblätter anderes behaupteten. Die Boulevardpresse ging immer zu schnell davon aus, dass jede Frau, die er anlächelte, seine zukünftige Ehefrau war. Offenbar war ein alleinstehender Prinz nicht zu ertragen.

Er war ihr kaum in den Wald gefolgt, als sie auftauchte, ihr dunkles Fell durch das eisige Wetter an den Spitzen gefroren. Sie streifte ihn, als sie an ihm vorbeitrottete, und er folgte ihren schwingenden Hüften zurück ins Haus.

Als er sich aus seinen äußeren Kleidungsschichten schälte, verwandelte sie sich wieder in ihre Haut und ging zu ihrem dickbäuchigen Ofen.

So ein schöner Hintern. Was würde sie tun, wenn er sich auszog und zu ihr käme? Würde sie ihn ohrfeigen und ihm sagen, er solle sich eine Hose anziehen, oder würde sie ihn ermutigen, von hinten in sie zu gleiten, sie von vorne zu fingern und ihr in den Hals zu beißen, während er sie zum Orgasmus stieß?

Mitten in diesen erotischen Gedanken drehte sie sich um und fragte: »Kommst du?«

Kapitel Neun
AM FÜNFTEN BÄRNACHTSTAGE SCHENKTE EIN LÖWE MIR – DIE WEIBLICHE VERSION VON KAVALIERSSCHMERZEN. JEMAND SOLL MIR EIN GLAS HONIG »O« GEBEN.

Felix schielte fast und bewegte sich nicht. Armer zarter Prinz. Wahrscheinlich eingefroren. Also gestikulierte sie erneut. »Komm. Wärm dich auf.«

Er machte einen zögerlichen Schritt, dann noch einen und schnappte sich im Vorbeigehen den Pullover, der über ihrem Stuhl hing, um ihn ihr zu reichen. Seltsam, dass er wollte, dass sie sich bedeckte, denn sie hatte seinen glühenden Blick und die Erektion bemerkt, die er in der lockeren Schlafhose nicht verbergen konnte.

Der Mann wollte sie, und er sollte sich besser vorsehen, sonst würde sie über ihn herfallen, da sie genauso empfand wie er. Irgendetwas an Felix gefiel ihr, trotz ihrer großen Unterschiede. Offensichtlich ein Zeichen, dass sie wieder eine Beziehung eingehen sollte. Aber mit einem besseren Kaliber als die Barrys dieser Welt.

Zu ihrer Verteidigung hatte sie gehofft, dass sie mit einem Menschen nicht auf die Frauenfeindlichkeit stoßen würde, die in der Welt der Gestaltwandler häufig vorkam. Bären waren besonders schlimm – ihr Vater und ihr Großvater waren die Ausnahme, weil Großmutter sie selbst gehäutet hätte.

Aber das konnte man von anderen männlichen Bären nicht behaupten. Jedes Mal wenn sie zu einem Bärenpicknick ging – zu dem viele Hibachis und Kühlboxen auf Rädern gehörten –, war sie rundbäuchigen Männern ausgesetzt, die meinten, sie müsse ihnen Snacks und Getränke bringen oder ihnen den Rücken kratzen. Unnötig zu erwähnen, dass diese Männer an Hunger und Durst starben, geplagt von einem Juckreiz.

Mit anderen Worten, sie wäre eher gestorben, bevor sie sie bedient hätte.

Barry hatte keine Forderungen an sie gestellt, obwohl er oft sein Portemonnaie vergaß, wenn sie ausgingen. Dennoch diente er als Mittel zum Zweck, und dieser Zweck war ein Orgasmus mit einer anderen Person. Trotz seiner stämmigen Größe hatte sie sanft sein müssen, um ihn nicht zu verletzen. Das dämpfte damals ihre Inbrunst. Leidenschaft sollte keine Grenzen haben.

Konnte Felix mit ihr umgehen, wenn sie im Schlafzimmer loslegte? Ursprünglich wirkte der Mann wie ein verwöhnter Blödmann, aber nachdem sie ihn in der Scheune in Aktion gesehen hatte, musste sie sich fragen, wie viel davon nur gespielt sein könnte. Ihr Prinz hatte vielleicht mehr Tiefgang, als sie ihm zugetraut hatte. Wenn ja, warum sich verstellen?

Er tat sein Bestes, sie zu ignorieren, während er sich die Hände am Ofen wärmte.

Als ob. Nicht nur Löwinnen konnten direkt sein. »Womit verdienst du dein Geld, außer mit dem Küssen von Babys und dem Schütteln von Händen?«

Er prustete. »Als würde ich mich solchen Mikroben aussetzen.«

»Ich bin sicher, dass du für solche Gelegenheiten antibakterielles Spray dabeihast.«

Seine Mundwinkel zuckten. »Man kann nicht vorsichtig genug sein. Und zur Antwort: Ich arbeite für das Familienunternehmen. Charlemagne, Inc. Wir beschäftigen uns mit einigen Dingen, aber am bekanntesten sind wir für unsere Parfüms.«

»Was ist dein Job? Verkäufer?«

»Entwickler für persönliche Parfüms.«

Das brachte sie zum Lachen. »Ernsthaft?«

»Allerdings. Und bevor du dich lustig machst, möchte ich hinzufügen, dass es keine einfache Aufgabe ist, Düfte zu kreieren, die zu den Gerüchen der Leute passen. Jede Person ist einzigartig und ein gut abgestimmtes Parfüm erfordert eine sorgfältige chemische Zusammensetzung, um das richtige Ergebnis zu erzielen.«

Sie legte den Kopf schief. »Da widerspreche ich dir tatsächlich nicht. Beim Honig ist es ähnlich. Die Pollen verschiedener Pflanzen sorgen für unterschiedliche Eigenschaften und Geschmacksrichtungen, die durch die Dauer der Reifung noch verstärkt werden.«

»Ich denke, du verstehst es.« Er schenkte ihr ein Lächeln. »Also, wirst du mich fragen?«

Ihn was fragen? Ob er es treiben wollte? Warum sollte sie diejenige sein, die den ersten Schritt machte? »Dich was fragen?«, antwortete sie.

»Welcher Duft zu dir passen würde.«

»Das ist ganz einfach. Honig.«

Sein Lachen kitzelte sie innerlich. »Ja, definitiv ein Teil davon. Aber ich würde auch einen Hauch von Zedernholz hinzufügen, um die Süße mit deiner Stärke auszugleichen. Und Rose.«

»Warum?«

»Weil sie sexy ist, so wie du.«

»Oh.« Er hatte sie erneut sprachlos gemacht. Sie wechselte das Thema. »Wie oft besuchst du deinen Cousin Arik?«

»Nicht oft, fürchte ich. Aber wenn unsere geplante Partnerschaft klappt, werde ich vielleicht mehr Zeit hier verbringen. Wir denken darüber nach, unser Geschäft auszuweiten und einen Standort in Amerika aufzubauen.«

»Wer wird ihn leiten?«

»Das ist eine gute Frage.« Er schaute sie an und sein Blick verweilte auf der Art und Weise, wie der

Pullover hoch auf ihrem Oberschenkel endete. »Ich glaube, ich brauche vielleicht einen Tapetenwechsel.«

»Nur wenn du in bessere Stiefel investierst.« Sie rümpfte die Nase, und er lachte trotz des Seitenhiebs.

»Stiefel. Mantel. Handschuhe.« Er schüttelte den Kopf. »Ich gebe zu, dass ich völlig unvorbereitet bin. Zu meiner Verteidigung muss ich sagen, dass ich noch nie an einem so kalten oder verschneiten Ort war.«

»Du kannst mir nicht erzählen, dass du ein Prinz bist, der noch nie Ski gefahren ist.«

»Ich stand mehr auf Jachten und Strände. Was ist mit dir? Bist du gereist?«

»Das hängt davon ab, ob Florida zählt. Da unser Geschäft saisonabhängig ist, habe ich so ziemlich die einzige freie Zeit nach Weihnachten bis zur Frühjahrsschmelze.«

»Warte, du hast die USA noch nie verlassen?«

Sie schüttelte den Kopf.

»Du musst Europa besuchen.«

»Ich gebe zu, dass es ein faszinierender Ort ist, aber nicht die Art von Reise, die man alleine macht, wenn man wirklich alles sehen und schmecken will, was es zu bieten hat.«

»Ich könnte dich herumführen.« Seine Augen weiteten sich, als er das Angebot machte, und ihre Lippen zuckten.

»Ein Prinz, der sich zum Dasein als Reiseleiter herablässt? Was würde die Boulevardpresse dazu sagen?«

Seine Augen funkelten, als er grinsend sagte: »Sie würde sagen, dass du die Mutter meines geheimen Babys bist, und uns innerhalb von vierundzwanzig Stunden für verlobt und verheiratet erklären.«

»Das ist ja schrecklich«, rief sie aus.

Er starrte sie so lange an, dass sie ihr Gewicht verlagerte, bevor er antwortete: »Ich glaube, das hinge davon ab, mit wem ich ihrer Meinung nach zusammen sein sollte.«

»Die Reporter wollen dich offensichtlich mit einer Prinzessin sehen.«

»Sei dir da nicht so sicher. Mein Land ist sehr romantisch. Sie würden sich auch über die Geschichte freuen, in der ihr Prinz in ein fremdes Land geht und von einer einheimischen Farmerin verzaubert wird.«

Das Gespräch verlagerte sich auf ein Gebiet, auf das sie nicht vorbereitet war. »Ich bin hungrig. Bist du auch hungrig?« Sie versuchte verzweifelt zu ignorieren, was er andeutete.

»Ich verhungere.« Er ließ den Blick zu ihren Brüsten wandern, die von dem dicken Pullover verdeckt wurden.

»Wie wäre es mit Zimtschnecken mit Honigglasur?«

»Du hast welche versteckt? Wo?«

»Ich habe keinen Vorrat, falls du das denkst. Ich muss sie selbst machen, Simba.«

»Du backst?«

»Diese Hüften habe ich nicht vom Salatessen.« Sie

lachte und wackelte vielleicht ein bisschen mehr als nötig mit dem Hintern, als sie in die Küche ging. Sie bückte sich auch eher, als dass sie in die Hocke ging, während sie die Sachen zusammensuchte, die sie brauchte.

Trotz der vermeintlich eindeutigen Einladung gesellte Felix sich ohne einen einzigen Klaps auf den Hintern zu ihr. Er setzte sich auf einen Hocker auf der anderen Seite der Fleischerblockinsel. Warum musste er so schwer zu verstehen sein? Im einen Moment schien er in sie verliebt zu sein, und im nächsten ignorierte er eine gute Gelegenheit, ihr entweder einen Klaps auf den Hintern zu geben oder etwas Schmutziges zu sagen.

Stattdessen war er ein königlicher Gentleman und machte Small Talk. »Jemand hat erwähnt, dass deine Familie in Florida ist?«

»Ja, die anderen reisen für gewöhnlich ab, sobald die Bienen für den Winter gesichert sind. Meine Eltern waren die Ersten, die vor ein paar Jahren gegangen sind, mit der Behauptung, dass sie es vorziehen, irgendwo im Warmen zu überwintern. Seitdem sie dort sind, schlafen sie nicht mehr so viel. Opa hat lange gezögert, aber schließlich hat er sich ihnen zum ersten Mal angeschlossen.«

»Das ist also dein erstes Weihnachten allein?«

»Nicht ganz. Ich lebe zwar jetzt allein, aber ich werde sie an Heiligabend in Florida besuchen. Der

Flug ist bereits gebucht. Ich warte nur noch auf die letzten Baumkäufer, bevor ich fliege.«

»Du brichst also in ein paar Tagen auf.« Er verzog die Lippen für einen Moment, bevor er sich wieder fing.

»Ja. Was ist mit dir? Wie lange bleibst du?«

»Ich weiß nicht. Ich schätze, das kommt darauf an.«

»Worauf?«

»Ob ich einen Grund zum Bleiben habe.« Wieder ruhte sein Blick auf ihr und sie hatte keine Antwort parat.

Es sei denn, die Feuchtigkeit zwischen ihren Beinen zählte. Verdammt noch mal. Würde der Geruch ihres aufgehenden Teigs das überdecken? »Ich muss die Schnecken gehen lassen, bevor ich sie backe. Während sie das tun, gehe ich duschen.«

Er blieb sitzen, während sie ins Bad ging. Er bat nicht darum, sich ihr anschließen zu dürfen, klopfte nicht und spähte auch nicht durch die Tür, die sie unverschlossen ließ.

Es war dumm von ihr zu denken, dass er in Versuchung geraten könnte. Wahrscheinlich war es nur ihre erzwungene Nähe, die ihn scharf machte. Sie jedenfalls machte es fertig. Sie nahm eine heiße Dusche, gefolgt von einem kalten Schauer. Erst als sie sich abtrocknete, fiel ihr auf, dass sie ihren Bademantel vom letzten Mal nicht mitgebracht hatte. Normalerweise war das keine große

Sache. Nacktheit war unter Gestaltwandlern normal. Und das hier war ihr Haus. Warum fühlte sie sich dann unsicher, als sie in ein Handtuch gewickelt herauskam?

Felix hatte sich auf den Sessel im Wohnbereich gesetzt und las ein Buch. Er hielt es hoch, als sie auftauchte.

»Ich wusste gar nicht, wie interessant Bienen sein können.«

»Sie sind nicht nur wegen des Honigs faszinierend, sondern auch wegen ihrer sozialen Struktur.« Obwohl sie nur ein feuchtes Stück Stoff trug, fing sie an, über Königinnen und ihre Drohnen zu reden. Er machte sich nicht über sie lustig und schlief auch nicht ein, sondern ließ sich auf sie ein, erzählte seine eigenen Geschichten über Blumen und schlug sogar einige vor, die interessante Pollen liefern könnten.

»Ich kann dir ein paar Proben und Samen schicken lassen«, bot er an.

»Das würde mir gefallen.« Sie setzte sich auf den Stuhl ihm gegenüber, das Handtuch immer noch um sich gewickelt, aber nicht mehr unsicher.

»Oder anstatt dir Samen zu schicken, könntest du mich besuchen und dir die Blumen persönlich ansehen.«

»Ähm.« Das Angebot ließ sie verstummen. Die Eieruhr in der Küche klingelte. »Ich sollte die Schnecken in den Ofen schieben.«

Als sie sich vom Sessel erhob, verhedderte sich ihr Handtuch und löste sich. Sie konnte es nicht rechtzeitig auffangen und wollte es auch gar nicht, da er sie mit glühendem Blick anstarrte. Noch nie war sie sich ihrer Nacktheit oder ihrer selbst als Frau so bewusst gewesen wie in diesem Moment. Verlangen entfaltete sich, begierig und fordernd. Ein Verlangen, das erwidert wurde, als er aufstand und näher kam.

»Ich sollte wirklich diese Zimtschnecken backen«, murmelte sie.

»Es gibt nur eine Sache, die ich jetzt gern vernaschen würde«, murmelte er heiser.

Ein kitschiger Satz, der bedeutete, dass es nur eine Sache zu tun gab. Ihren Mund auf den seinen pressen.

Ihre Lippen prallten hart aufeinander. Eine raue Leidenschaft entlud sich, die dazu führte, dass sie um die Vorherrschaft kämpften. Er gewann.

Am Ende war sie mit dem Rücken an die Kücheninsel gedrückt und legte den Kopf zurück, während er die Seite ihres Halses entlangküsste. Er verbrachte nur wenig Zeit damit, an ihrer Haut zu knabbern, während er sich zu ihren Brüsten hinunterarbeitete. Er umfasste sie, eine schwere Handvoll in jeder Handfläche, und strich mit den Daumen über ihre Spitzen. Er drückte sie zusammen, vergrub sein Gesicht zwischen ihnen und rieb die raue Kante seines Kiefers an der zarten Haut.

Sie erschauderte.

Aber sie wand sich, als er heiß gegen ihre Brustwarzen blies. Sie zitterte und Feuchtigkeit sammelte sich zwischen ihren Beinen, als er seinen Mund kurz vor einer hoffnungsvollen Spitze schweben ließ und sie neckte. Sie schielte beinahe vor Verlangen.

»Sag mir, was du willst.«

Sie wollte, dass er sie verführte. Sie unterwarf. Sie so hart nahm, dass sie kam, ohne zusätzliche Hilfe zu brauchen.

Aber das konnte sie nicht laut aussprechen.

Stattdessen verließ sie sich auf den Löffel im Honigglas und träufelte sich ein wenig davon auf die Brüste.

Er stürzte sich auf das Festmahl. Während er mit den Händen ihre schweren Brüste massierte und knetete, zwickte er mit den Lippen in jede ihrer Brustwarzen, eine nach der anderen, und saugte den flüssigen Honig von ihrer Haut.

Sie stöhnte auf.

Aber er war noch nicht fertig. Sein Atem wehte über die feuchte Haut. Er ließ sich Zeit, kniff mit seinen Lippen in eine Brustwarze und streifte sie manchmal mit seinen Zähnen. Die, an der er nicht saugte, rollte er zwischen seinen Fingern. Es fühlte sich an, als spielte er zwischen ihren Beinen, angenehme elektrische Stöße, die sie dazu brachten, sich unter seiner Berührung zu winden und zu wimmern. Er vergrub sein Gesicht zwischen ihren Brüsten, rieb seinen rauen Kiefer an der weichen Haut und reizte sie mit hartem Saugen, das sie rot werden ließ.

Seine Markierung. Nur vorübergehend, aber aus irgendeinem Grund sehnte sie sich danach. Sie sehnte sich nach mehr. Einem Biss. Einem dauerhaften Anspruch.

Ein Gedanke, der ihr eigentlich Angst machen sollte, was er vielleicht auch tat, aber sein Mund fand den ihren für einen leidenschaftlichen Kuss mit peitschenden Zungen und Atemlosigkeit.

Er widmete sich wieder ihren Brüsten, schenkte ihnen mehr Aufmerksamkeit und bescherte ihr einen Mini-Orgasmus, den ersten, der allein durch das Spiel mit ihren Brüsten zustande kam. Sie klammerte sich an diesen winzigen Höhepunkt, als er eine Brustwarze mit dem Mund umschloss, um fest daran zu saugen. Sie zitterte, als seine Zunge um die Spitze tanzte. Sie zog sich innerlich zusammen, als er die Brustwarzen wechselte und von vorn begann.

Seine Lippen fanden wieder ihre. Und sie küsste ihn. Hart. Er zuckte nicht zurück. Sie knabberte so fest an seinem Mund, dass er knurrte, aber dann zog er mit seinen Zähnen an ihren Lippen.

Außer Kontrolle geratene Leidenschaft?

Niemals.

Als er den Kuss abbrach, hätte sie fast geweint, doch dann hörte sie sein Knurren: »Zeit für Honig.«

Sie erkannte seine Absicht. Er küsste sich seinen Weg nach unten, vom Kiefer zum Hals, zwischen der Wölbung ihrer Brüste hindurch und über ihren Bauch. Er hielt kurz oberhalb ihrer Locken inne, und mit Locken meinte sie nicht etwa einen ordentlich getrimmten kleinen Rosenbusch. Sie glaubte daran, natürlich zu sein, und das bedeutete lockige, wilde Schamhaare.

Würde er sich sträuben? Das war schon einmal passiert.

Edwina hielt den Atem an.

»Ich glaube, ich wollte noch nie in meinem Leben etwas so sehr kosten«, flüsterte er, als er sich ihr näherte und ihren Duft einatmete.

Sie konnte nicht anders, als sich in sein Haar zu krallen, als er seine Nase an ihr vergrub. Er ließ sich verdammt viel Zeit und rieb seine Wange an ihren Locken, während er mit den Händen ihre Beine hinaufglitt und sich an ihren Schenkeln festhielt. Er musste sie nicht öffnen. Sie hatte ihren Hintern bereits auf der Insel platziert und sich weit gespreizt.

Er küsste lieber die Innenseiten ihrer Schenkel, als einzutauchen.

Sie hätte schreien können.

Er entschied sich dafür, ihren Hintern zu umfassen und sie teilweise von der Theke zu ziehen, wo er sie stützte, während er sich vorbeugte, um sie weiter zu reizen. Er blies heiß auf ihren Unterleib. Teilte ihre Schamlippen mit einem Finger und überzog ihn mit ihrem Honig. Mit diesem Finger strich er über ihre Klitoris, die bereits empfindlich war. Sie biss sich auf die Lippe und stöhnte.

Er tauchte den Finger in sie ein und sie schnappte nach Luft.

Er fing wieder an, ihre Klitoris zu reizen.

Dann hinein.

Sie hielt sich an seinen Schultern fest, während er sie mit seinem heißen Atem, seinem Finger und dann mit seiner Zunge reizte. Sie kam fast, als er schließlich anfing zu lecken, während er zwei Finger in sie stieß. Sie klammerte sich an ihn und grub ihre Fersen in die Kante des Tresens, während sie sich an die Lust klammerte, die durch ihren Körper summte.

Sie würde kommen, und zwar heftig, wenn er so weitermachte. So egoistisch konnte sie nicht sein. »Jetzt.« Sie schnaubte, als er seine Zunge schnellen ließ.

»Komm für mich, Honigbär«, befahl er.

»Aber –« Sollte er nicht auch sein Vergnügen haben wollen?

»Komm für mich«, flüsterte er gegen ihr Fleisch.

Er stieß einen dritten Finger in sie und ließ ihn tief gleiten, während er mit den Zähnen an ihrer Klitoris knabberte.

Sie tat, was er verlangte, und kam. Hart. Feucht. Im Sinne von *heiliger Honig*. Und scherte er sich darum? Nein, der Mann brummte gegen sie, während er sie weiter leckte und mit den Fingern fickte, um –

»Aaaah.« Sie schrie auf, als sie in einen gewaltigen Orgasmus hineinschlitterte. Eine Welle nach der anderen der puren Glückseligkeit überrollte ihren Körper.

Und er machte immer noch weiter und brachte sie

zum Stöhnen. »Genug. Du bist dran.« Denn diese gute Runde verdiente eine weitere.

Sie setzte sich auf und griff nach seiner Hose. Der lockere Stoff ermöglichte ihr einen leichten Zugang zu seiner Erektion, die einen besseren Ritt versprach als der Vibrator in ihrem Schlafzimmer.

Sie sprang von der Insel und stieß ihn dagegen. »Halte still, während ich etwas Honig träufle.«

Bevor sie nach dem Löffel greifen konnte, lenkte das Dröhnen eines herannahenden Motors sie ab.

Nur der Pflug. Ein Pflug, der nach den Lichtern zu urteilen, die durch ihr Fenster leuchteten, auf ihre Einfahrt zuzufahren schien.

Er lehnte sich zurück und sagte: »Es scheint, als hätten wir Gesellschaft.«

»Zieh dich an.« Sie eilte auf den Dachboden, um sich Kleidung überzuwerfen. Als sie versuchte, das Loch für ihren Kopf zu finden, hämmerte es an ihrer Tür und jemand rief: »Wir sind gekommen, um den Prinzen zu retten!«

Kapitel Zehn
AM SCHLIMMSTEN WEIHNACHTSTAGE SCHENKTEN DIE SCHLAMPEN MIR - EINEN JÄHEN STIMMUNGSKILLER.

Felix brüllte fast über die Unterbrechung. Der einzige Grund, warum er die Löwinnen, die mit lauten Stimmen und noch lauteren Persönlichkeiten hereinstürmten, nicht tötete, war, dass er Edwina nicht verärgern wollte. Sie war nicht der Typ, der Macho-Aktionen duldete. Auch wenn sie es sehr genossen hatte, dass er sie sich zu eigen gemacht hatte.

Gut, dass er währenddessen bewusst und anwesend gewesen war, sonst hätte er sich gefragt, ob es überhaupt passiert war. Sie tat ihr Bestes, um so zu tun, als wäre er nicht da, während sie in der Küche herumwuselte und endlich die Schnecken in den Ofen schob. Sie lächelte den Frauen zu, die sich in ihrem Zuhause drängten und sicher rochen, was sie getan hatten, aber wohlweislich nichts dazu sagten.

»Wer will Kaffee?«, fragte eine viel zu strahlende Edwina.

»Das mit dem Kaffee machen wir schon. Ich bin sicher, du brauchst eine Pause, nachdem du dich um Seine Hoheit gekümmert hast.« Luna – oder besser gesagt ihr Bauch – schob Edwina auf einen Stuhl, eine Zuschauerin in ihrer eigenen Küche, während die Frauen, die den winterlichen Bedingungen getrotzt hatten, das Kommando übernahmen.

Reba kümmerte sich um das Koffein, während die Zimtschnecken backten. Luna rührte eine Ladung Pfannkuchenteig an, während Joan Speck und Würstchen brutzelte. Während des ganzen sinnlosen Geplauders bekam er das Wesentliche mit.

Offenbar war Arik gar nicht erfreut darüber gewesen, dass die Frauen seines Rudels seinen lieben Cousin vergessen hatten, und verlangte, dass sie Felix abholten.

»... also haben wir versucht, mit meinem Geländewagen zu fahren, aber der Allradantrieb ist nicht so gut, wenn es mehr als dreißig Zentimeter hohe Schneewehen gibt.« Reba runzelte die Stirn. »Ich werde mit meinem Händler darüber reden, ihn einzutauschen.«

»Dann wollte Leo uns seinen Pick-up nicht leihen«, grummelte Joan. »Er behauptet, wir hätten mit Sicherheit einen Schaden verursacht.«

»Was irgendwie dumm ist«, mischte Luna sich ein. »Denn wozu hat man sonst einen Schubbügel, wenn man damit nicht wirklich etwas schieben will?«

»Genau das habe ich auch gesagt«, rief Joan aus.

Reba prustete. »Du weißt doch, wie Männer mit

ihrem Spielzeug sind. Du hättest das Gesicht meines Gefährten sehen sollen, als ich ihn gebeten habe, mir den Flammenwerfer auszuleihen.«

Das führte dazu, dass Edwina fragte: »Warum hat er einen Flammenwerfer?«

»Sagen wir einfach, mein Mann ist gern auf alle möglichen Situationen vorbereitet.« Rebas Lippen umspielte ein Lächeln.

»Also, wie habt ihr es geschafft?« Felix bereute es fast zu fragen.

»Nun, ich wollte mit dem Schneemobil fahren, aber der einzige Laden in fußläufiger Nähe, der Schneemobile verkauft, hatte geschlossen, weil der Strom ausgefallen war, und den anderen konnten wir nicht erreichen. Deshalb haben wir einen Schneepflug beschlagnahmt und sind zur Rettung gekommen«, erklärte Luna, die eigentlich nicht die Stadt verlassen sollte, da sie jeden Moment platzen könnte.

»Wird das nicht Ärger mit den Behörden geben?«, erkundigte sich Edwina.

»Unser König hat verlangt, dass wir dich retten. Er kann sich um die Bußgelder kümmern.« Reba winkte die Kleinigkeit eines möglichen Diebstahls ab.

»Und hier sind wir. Endlich. Gern geschehen.« Joan strahlte ihn an.

Worüber sollte sie sich freuen? Die Tatsache, dass seine Eier gleich explodieren würden?

»Geht es nur mir so oder sieht er verärgert aus, dass

wir hier sind? Stören wir bei etwas?«, fragte Luna ein wenig zu süßlich.

Drei Augenpaare schwenkten zwischen Edwina und Felix hin und her. Er öffnete den Mund, um »Ja« zu sagen, doch dann sprang Edwina auf und sagte: »Die Zimtschnecken sind fertig.«

Die nächste Zeit verbrachten sie mit dem Essen, wobei die Rudel-Schlampen das Gespräch dominierten. Er kam nicht dazu, sich mit Edwina zu unterhalten, sondern schnurrte nur, als er an ihr vorbeiging, um sein Geschirr zur Spüle zu bringen: »Das Leckerste, was ich je im Mund hatte.«

Die Röte in ihren Wangen zeigte, dass sie die Anspielung verstanden hatte. Sie wandte sich ab und murmelte: »Ich werde dir etwas mitgeben.«

Diese Worte waren das Signal für die Löwinnen, beim Aufräumen zu helfen. Reba befahl ihm ebenfalls, seine Sachen zusammenzupacken.

Welche Sachen? Diese nutzlosen und unbequemen Stiefel, die er für tausend Dollar gekauft hatte und die seine Füße schmerzen ließen? Er wollte das weiche karierte Hemd wirklich nicht gegen das kratzige Wollhemd tauschen, in dem er angekommen war. Aber welche Wahl hatte er schon?

Edwina bat ihn nicht, zu bleiben, und er hatte zu viel Stolz, um zuzugeben, dass er lieber nicht gegangen wäre. Er brauchte eine Ausrede. Er brauchte eine Ausrede, die ihn hier hielt, ohne dass er damit herausplatzte, dass er und Edwina noch etwas zu erledigen hatten.

Während er versuchte, sich eine Ausrede auszudenken, zog er seine unbequemen Klamotten an und seine Haut protestierte gegen die Veränderung der Weichheit. Er bändigte sein durch das Fingern – ähm, durch die Leidenschaft – zerzaustes Haar und überlegte, ob er es zu einem Dutt binden sollte, nur um Edwina zu ärgern.

Schließlich steckte er es zu einem lockeren Zopf zusammen und kam aus dem Schlafzimmer, wo er Edwina mit dem Rücken zu ihm am Spülbecken sah. Sie versteifte sich, als er den Hauptraum betrat, drehte sich aber nicht um.

Als er seine Füße in die schicken Stiefel steckte und das Gesicht verzog, da sie zwickten, kam Edwina näher und sah alle an, nur ihn nicht.

»Danke, dass ihr gekommen seid«, sagte sie, wobei sie ihm eine Dose mit den versprochenen Schnecken reichte.

»Wir sollten uns bei dir bedanken. Ich wollte schon immer mal mit so einem Ding fahren«, rief Luna. Die Tür wurde geöffnet und ließ einen stürmischen Luftzug herein, der sie frösteln ließ.

Edwina begegnete seinem Blick für einen Moment, als sie mit dem Mantel, den er benutzt hatte, nach vorn trat. Sie drückte ihm das Kleidungsstück in die Hand und sagte: »Behalte ihn. Du brauchst ihn mehr als mein Opa in Florida.«

»Oh, scheiße ja«, murmelte er, ohne nachzudenken, als er danach griff. Das abgenutzte, armeegrüne Segeltuch mit Taschen hatte etwas für sich. So viele Taschen, darunter zwei auf der Innenseite. Noch besser war, dass er ihm bis über den Hintern reichte und seinen Rücken vor dem Frösteln bewahrte. Offenbar hatte er das Alter erreicht, in dem er das bemerkte. Komfort kam vor Stil. Daran konnte er sich vielleicht gewöhnen.

Eine abgelenkte Joan und Reba balancierten Luna, während sie ihre Stiefel anzog.

»Danke für alles«, murmelte er und legte seine Hand auf ihren Arm, als sie sich wegbewegen wollte.

»Keine Ursache. Fröhliche Weihnachten.«

Die Erinnerung an die Feiertage ließ ihn nach Ausreden greifen. »Wir können Edwina nicht allein lassen. Sie hat immer noch keinen Strom.«

»Stimmt nicht. Ich habe einen Generator«, erklärte die wenig hilfsbereite Bärin.

»Das hilft dir aber nicht bei dem Problem mit Barry«, erwiderte er.

»Wer ist Barry?«, fragte Joan.

»Ihr Ex-Freund. Er ist letzte Nacht in ihre Scheune eingebrochen.«

»Hast du ihn umgebracht? Brauchst du Hilfe, um die Leiche loszuwerden?«, fragte Luna, die ihren Fuß nach langem Stampfen in den Stiefel zwängte.

»Nein.« Nicht weil er es nicht wollte – ein Teil, den Felix für sich behielt. Mutter würde ihm das Fell über die Ohren ziehen, wenn er plötzlich in den Ruf käme, ein Mörder zu sein. Sie zog es vor, dass er in seinen Taten diskret war.

»Willst du, dass wir ihn verschwinden lassen?«, bot Luna unbekümmert an.

»Das ist wirklich nicht nötig«, warf Edwina ein.

»Das ist kein Problem. Auf etwas einzuschlagen hilft vielleicht, dieses Baby rauszukriegen.« Eine Aussage, bei der Luna ihre Kugel anfunkelte.

Edwina schüttelte den Kopf. »Barry ist ein Idiot, aber er muss nicht sterben.«

»Er war hinter etwas her. Er könnte zurückkommen«, argumentierte Felix.

»Das bezweifle ich, aber selbst wenn er zurückkommt, werde ich mich darum kümmern. Angefangen bei neuen Schlössern und einem Alarm an der Scheunentür.«

»Wenn man bedenkt, wie weit deine nächsten Nachbarn entfernt sind, solltest du ein paar Bewegungskameras installieren.« Felix' viele Wohnungen in Europa und das Familienschloss waren mit modernen Sicherheitsanlagen ausgestattet, um das spanische Rudel zu schützen.

Edwina schüttelte den Kopf. »Ich traue den Dingern nicht. Was, wenn jemand sie hackt und etwas sieht, was er nicht sehen sollte?«

Ein gutes Argument und der Grund, warum viele Gestaltwandler-Rudel und -Meuten sie nicht benutzten. Aber nur, weil sie zu faul und geizig waren. »Du stellst sicher, dass die Aufnahmen auf einem sicheren Server gespeichert werden, auf den nur du und diejenigen, denen du vertraust, Zugriff haben.«

»Ich passe. Klingt komplizierter, als es wert ist.«

»Kommt schon, eure Pelzigkeit, es wird Zeit, dich in die Stadt zurückzubringen.« Luna zerrte an seinem Arm.

Ihm waren die Argumente ausgegangen, aber trotzdem blickte er zu Edwina. Sie konnte seine Abreise mit einem einfachen Wort stoppen.

Sie winkte zum Abschied.

Joan legte einen Arm um Edwina. »Wenn du dich dann besser fühlst, eure Prinzlichkeit, bleibe ich hier und helfe, die Sicherheit zu erhöhen. Jetzt, da die Straße geräumt ist, kann mich später jemand abholen, und wir können hier so lange Schlampen auswechseln, bis wir wissen, dass dieser Barry nicht mehr zurückkommt.«

Er hatte keine Ausreden mehr. Das sollte jemand den Füßen sagen, die sich weigerten, sich zu bewegen.

Ihm blieb keine andere Wahl. Luna stieß ihn auf dem Weg zur Tür mit dem Bauch an. Er prallte gegen die Stufe und hatte keine andere Wahl, als nach draußen zu stolpern und der Kugel auszuweichen, die ihm den Rest geben wollte.

Edwina, die in der Tür stand, sagte nichts. Aber was gab es schon zu sagen?

Sie hatten Spaß gehabt. Hatten sich nichts versprochen. Was seinen verzweifelten Wunsch zu bleiben anging? Die Schuld lag bei seinen angeschwollenen Hoden. Unter der heißen Dusche würde er sich darum kümmern und alles wäre in Ordnung.

Reba und Luna quetschten ihn zwischen sich auf die vordere Sitzbank des Schneepfluges. Trotz seines Widerwillens machte es Spaß, so hoch zu fahren.

»Lasst uns einen Weg räumen!« Luna gab ein böses Kichern von sich, als sie die Schaufel absenkte und Schnee zum Straßenrand schob, während sie sich den Weg zurück in die Stadt bahnten, die sich immer noch aus den Folgen der beiden Stürme herausgrub. Teile der Stadt waren noch immer ohne Strom und die Straßenlaternen blieben dunkel, was bedeutete, dass die Leute sich an den Kreuzungen drängten, wo sie darauf warteten, fahren zu können. Außerdem mussten sie eine Runde *Weiche den stecken gebliebenen Fahrzeugen aus* spielen. Die Hauptstraßen waren größtenteils befahrbar, aber auf den Nebenstraßen waren Fahrzeuge begraben, deren Besitzer dringend Hilfe benötigten, um sie herauszubekommen.

Sie kamen erstaunlich gut voran, vor allem weil Luna mit dem Pflug die Fahrzeuge vor sich bedrängte, die Schaufel der Maschine nach unten geneigt. Würde sie den Verkehr tatsächlich zur Seite fegen? Niemand blieb vor ihr, um es herauszufinden, und machte stattdessen Platz, damit sie überholen konnte.

Beängstigend, aber lustig.

Als Felix an der Wohnanlage ankam, fand er seinen Cousin im Gemeinschaftsraum am geschmückten Baum vor. Arik machte eine gute Figur, trotz des roten Pullovers, auf dem eine hässliche Weihnachtsszene mit einem nackten Weihnachtsmann und einem Glas Milch zu sehen war, das genau richtig stand. Er schien nicht der Einzige zu sein, der einen solchen Schandfleck trug.

»Cousin! Du kommst genau richtig!«, dröhnte Arik. »Wir haben heute Abend eine Überraschung für dich.«

»Hoffentlich kein passender Pullover.«

Arik grinste. »Ist er nicht hässlich und großartig? Kira hat ihn gefunden. Ich habe oben noch einen mit einem Schneemann, den du dir ausleihen kannst, wenn du willst.«

»Nein danke. Ich möchte es nicht morgen früh bereuen. Kann diese Überraschung warten, während ich dusche und andere Sachen anziehe?«

»Dreißig Minuten. Mehr kann ich dir nicht geben. Wir wollen nicht zu spät kommen.«

»Wohin gehen wir?«

»Zu der fantastischsten Sache aller Zeiten«, antwortete Arik vage.

Fasziniert badete Felix schnell, vor allem, um Edwinas ablenkenden Geruch von seiner Haut zu bekommen. In dem Moment, in dem er das tat, bereute er es. Seine Haut dankte ihm jedoch für die Lotion und saugte sie gierig auf.

Der Mantel, den sie ihm geschenkt hatte, lag über einem Stuhl, und ihm fiel ein, dass er den perfekten

Hut dazu gesehen hatte. Und er brauchte wirklich bessere Stiefel.

Der Pullover, den er anzog, scheuerte, und er warf ihn beiseite, um sich etwas zu suchen, das etwas mehr eingetragen war. Jemand sollte ihn erschießen. Er vermisste bereits den karierten Stoff.

Er entschied sich für ein langärmeliges Henley-Hemd, passend zu den Feiertagen in Burgunderrot. Er band sich die feuchten Haare zurück und ging zu seinem Cousin.

»Gerade noch rechtzeitig. Mach dich auf Großartigkeit gefasst.« Arik legte einen Arm um Felix und sie gingen ein paar Straßen weiter zu einer Schule. Ein Strom von Erwachsenen und Kindern in ihren besten Kleidern – die von Anzügen bis hin zu Jeans, weißem Hemd und Clipkrawatte für die Jungs reichte, während die meisten Mädchen entweder schicke Kleider oder Weihnachtskleidung trugen, die Geweihe beinhaltete.

»Was für ein Wahnsinn ist das?«, murmelte Felix, als er Ellbogen an Ellbogen in einer Turnhalle mit winzigen Stühlen saß. Die nächsten drei Stunden verbrachte er bei einem Schulweihnachtskonzert, bei dem Kinder, darunter auch Ariks eigene Jungen, mit Begeisterung schief sangen.

Bezaubernd.

Die ersten zehn Minuten lang.

Nach der ersten Stunde nickte er weg und träumte von seinen eigenen perfekten Kindern, die auf der

Bühne standen. Perfekte Miniaturausgaben von ihm und –

»Edwina.« Ihr Name glitt ihm über die Lippen, als Felix abrupt aufwachte.

Arik beäugte ihn seltsam. »Was hast du gesagt?«

»Nichts.« Denn allein die Vorstellung war schon verrückt. Er und ein Bär? Nicht nur, dass Mutter niemals zustimmen würde, er wusste auch nicht, wie das funktionieren sollte. Er war ein Löwenprinz, der in Europa zu Hause war. Edwina war eine Farmerin, die unpassende – lächerlich bequeme – Kleidung trug.

Völlig ungeeignet.

Warum also vermisste er sie so sehr?

Kapitel Elf
AN ZU VIELEN TAGEN VOR
BÄRNACHTEN SCHENKTEN DIE
LÖWEN MIR - EINEN GRUND, MEINE
FARM ZU VERKAUFEN UND
UMZUZIEHEN.

Edwina wollte allein sein, und doch war es schon zu viele Tage her, dass das vorgekommen war. Getreu ihrem Wort wechselten die Schlampen sich damit ab, bei ihr zu sein. Schuld daran war der Prinz, der einfach die Sache mit Barry hatte ausplappern müssen.

In dem Moment, in dem Simba und die beiden Frauen gingen, fing Joan an. »Erzähl mir von Barry.«

»Da gibt es nichts zu erzählen. Wir haben uns auf einem Jahrmarkt kennengelernt. Ich habe Weihnachtsbären und Schneemänner verkauft, die aus den übrig gebliebenen Baumstämmen hergestellt wurden.« Sie deutete mit der Hand zu einem in der Ecke, zwei runde Scheiben für den Körper und den Kopf, kleinere Stücke für Ohren und Pfoten, dann mit großen runden Augen bemalt. Die Leute zahlten viel Geld für die einfache Weihnachtskunst, und Edwina hatte Spaß daran, sie herzustellen.

»Hast du auch Honig verkauft?«

»Ja. Ein paar Gläser, da ich die Visitenkarten für die Baumschule dabeihatte. Es kann ja nicht sein, dass ich ein Geschäft namens Honey Pine Farm habe und nicht auch Honig verkaufe.«

»Ich nehme an, dass er zum Haus kam, während ihr zusammen wart?«

»Einmal.« Nur nachdem ihre Familie abgereist war. Da sie wusste, dass er nur ein vorübergehender Zeitvertreib sein würde, hatte es keinen Sinn, dass sie sich kennenlernten.

»Felix schien zu glauben, dass er hinter etwas her war.«

»So groß kann es nicht gewesen sein, wenn man bedenkt, dass er mit dem Schneemobil gekommen ist.«

»Er weiß nichts von deiner anderen Seite?«

»Natürlich nicht. Er ist viel zu menschlich, und ich wusste, dass er nicht der Richtige ist.« Aus irgendeinem Grund wanderten ihre Gedanken zu Felix. Wie er sie an dem Tag, an dem sie Schnee geschaufelt hatten, immer wieder angegrinst hatte. Er hatte versucht mitzuhalten und war ein guter Verlierer gewesen.

Ein Mann, der sein Wort hielt und seine Wetten einlöste. Sie nahm einen Schluck Kaffee, um das Kribbeln angesichts der Erinnerung zu bekämpfen.

»Vielleicht hat er ausgekundschaftet.«

»Um was zu tun? Meine Bienenstöcke zu stehlen? Das sind doch keine Vollblutpferde.«

»Aber deine Bienen machen einen ganz besonderen Honig.«

»Mit Hilfe.« Ungesagt blieb, dass dazu auch ein paar zusätzliche Zutaten gehörten, die ein Familiengeheimnis waren.

»Jemand, der sie stiehlt, weiß das vielleicht nicht.«

»Was schlägst du also vor, was ich tun soll? Meine Scheune in Fort Knox verwandeln?«

»Nein, aber wir können ein paar Verbesserungen vornehmen.« Joan zwinkerte. »Mach dir keine Sorgen. Mellys Mann bestellt gerade die Teile, die wir brauchen. Er wird sie bald vorbeibringen und uns bei der Installation helfen.«

Edwina hätte vielleicht noch mehr protestiert, aber der Mensch, der Mellys Gefährte war, ein Mann namens Theo, erwies sich als nützlich, wenn es darum ging, die Sicherheit in ihrer Scheune zu verbessern. Neue Schlösser. Ein solarbetriebener Alarm. Und trotz ihrer Bedenken erlaubte Edwina die Installation von drei Wildkameras, die für Jäger entwickelt wurden. Die unauffälligen Geräte erkannten Bewegungen und sendeten die Bilder an eine App auf ihrem Handy. Sie brachten drei Kameras auf dem Grundstück an: eine zur Überwachung des Waldes, eine zur Überwachung der Straße und die dritte in der Scheune selbst.

In der ersten Nacht, nachdem Felix gegangen war, hörte Edwina, wie das Bett unten knarrte, als Joan es sich bequem machte, und vermisste den verflixten Prinzen. Sie vermisste einen Mann, mit dem sie nicht einmal geschlafen hatte. Schade, dass sie unterbrochen worden waren, bevor sie einen Ritt mit ihm machen konnte. Das, was er in der Hose hatte, konnte den Hengst-Gestaltwandler, mit dem sie ausgegangen war, in den Schatten stellen. Aber es war zum Besten. Sich mit einer Katze einlassen? Das würde nicht gut für sie ausgehen. Schließlich war Simba nur bei ihr gewesen, weil er festgesessen hatte. Wenn er die Wahl gehabt hätte, wäre er sofort gegangen.

Warum also hatte er bei seiner Abreise zögerlich gewirkt?

Offenbar ging es vorbei, denn er kam nicht zurück. Die flirtende Joan wurde durch Nexxie ersetzt und dann durch Reba, die für eine Übernachtung mit ihrem gruseligen Mann Gaston auftauchte. Luna verbrachte auch ein paar Stunden damit, darüber zu meckern, dass das Baby nie ausziehen würde und es allein die Schuld ihres Gefährten sei. Besagter Gefährte wurde aufgefordert, sich in den Wagen zu setzen, wenn er nur um sie herumschwirrte.

Am zehnten Tag vor Bärnachten hatte Edwina schließlich genug von den Katzen, die überall ihre Haare verloren und sich an ihren Sachen zu schaffen machten. Sie wollte Ruhe und Frieden. Sie lud ihre neueste Schlampe ein – einfacher als erwartet, sobald

Edwina etwas Zuckerwatte mit Honiggeschmack vor Meenas empfindlicher Nase baumeln ließ. Mit der Leckerei als Köder kletterte Meena auf den Vordersitz von Edwinas Pick-up. Dann bestand Edwina darauf, sie zurück in die Stadt zu fahren.

»Bist du sicher? Ich kann bleiben. Leo liebt es, Zeit mit den Zwillingen zu verbringen. Und ich bin sicher, dass die grauen Haare, die immer wieder auftauchen, nur ein Zufall sind. Und selbst wenn nicht, finde ich, dass mein Pookie damit vornehm aussieht, findest du nicht auch?«

»Total sexy«, murmelte Edwina und riss das Lenkrad herum, als Meena knurrte: »Lass die Pfoten von meinem Gefährten, Bärin!«

»Ich habe kein Interesse an ihm.«

»Man munkelt, dass du auf einen Prinzen stehst«, antwortete Meena verschmitzt.

»Bah. Als würde ich mit jemandem ausgehen, der so eitel ist. Du solltest mal hören, wie er über seine Haare redet.«

»Zu seiner Verteidigung muss man sagen, dass er schöne Haare hat. Sie fühlen sich weich an«, grübelte Meena laut – und wurde dafür fast zerfleischt. Edwina umklammerte das Lenkrad fester, anstatt zu fragen, ob Meena das aus Erfahrung wusste. Sie hatte kein Recht auf Eifersucht.

»Ich habe gehört, seine Mutter will, dass er heiratet.« Meena sprach weiter über Felix.

Mit zusammengebissenen Zähnen erwiderte

Edwina: »Ich bin mir sicher, dass sie schon eine nette Katze für ihn ausgesucht hat.«

»Es spielt keine Rolle, was sie denkt. Das Herz will, was das Herz will. Ich prophezeie, wenn der Prinz sich verliebt, wird er sich um nichts anderes mehr scheren. Er wird seine Gefährtin auf Händen tragen und sie werden glücklich bis ans Ende ihrer Tage in seinem Schloss leben.«

»Klingt zugig«, murmelte Edwina, denn sie wusste genau, dass niemand sie jemals auf Händen tragen würde. Eher würde sie jemandem bei dem Versuch einen Bandscheibenvorfall verpassen. Wie jedes Jahr hatte sie im Winter ein bisschen zugenommen. Aber im Frühling dauerte es immer länger und länger, die Pfunde wieder loszuwerden.

Als sie am Wohngebäude ankamen, trug Edwina eine Schachtel mit Leckereien für die Erwachsenen herein, während Meena die Schachtel mit den Honiglutschern für die Kleinen hielt. Mit Absicht, wie Edwina hinzufügen sollte.

In dem Moment, in dem Meena eintrat, erstarrte das Chaos der rennenden Kinder. Sie drehten alle gemeinsam den Kopf. Ihre Augen blitzten auf, wie Jäger, die eine Fährte aufgenommen hatten.

Einer von ihnen knurrte: »Süßes.«

Das war der Aufruf zum Handeln. Die Kinder stürmten auf Meena zu, deren Augen sich weiteten, als sie aufhörte, den Lolli zu lutschen, den sie aus der Schachtel geholt hatte, die sie klugerweise fallen ließ.

Nicht einen Moment zu früh, da die Kleinen sie lachend und drängelnd umschwärmten. Jeder nahm sich nur einen, da sie unter der aufmerksamen Beobachtung der Eltern standen, die sie bestrafen würden, wenn sie nicht teilten – und Edwina wusste, dass die Bestrafung für jeden, der gierig war, darin bestand, dass seine Süßigkeit beschlagnahmt und vor seinen Augen gegessen wurde. Ein paar ältere Geschwister brachten Leckereien zu denen, die in Kinderwagen festsaßen oder an eine Person geschnallt waren.

Während sie abgelenkt waren, schlängelte Edwina sich seitlich an ihnen vorbei, um ihre Ladung Honigkaramellen für die Erwachsenen abzuliefern. Kaum hatte sie die Ladung abgestellt, prickelte das Bewusstsein in ihrem Nacken. Sie wirbelte herum und sah Felix, der in seiner Hose und seinem Hemd vornehm aussah, sein goldenes Haar perfekt frisiert. Wieder einmal ein Prinz.

»Hi«, murmelte sie. Angesichts ihrer Leggings mit Zuckerstangen darauf und ihres Grinch-Pullovers fühlte sie sich nicht adäquat gekleidet. Zusammen mit ihren fast kniehohen rosa Bog-Stiefeln und ihrer bauschigen Winterjacke wirkte sie echt total sexy.

Oder auch nicht.

Es würde keine leidenschaftlichen Küsse mehr geben. Er war in seine Welt und zur Vernunft zurückgekehrt.

»Ich wusste nicht, dass du kommst«, rief Felix.

Warum sollte er auch? Es war ja nicht so, dass er

angerufen hätte, um nach ihrem Terminplan zu fragen. Das sprach sie nicht laut aus und sagte stattdessen: »Ich habe nur Meena gebracht und fahre wieder zurück.«

»Oh.« Er klang fast enttäuscht. »Wie geht es dir?«

»Gut. Und dir?« Das peinlichste Gespräch aller Zeiten.

Schreie lenkten die Aufmerksamkeit auf die Kinder, die durch den natürlichen Zucker im Honig einen Rausch bekommen hatten und umherliefen, wobei einige versuchten, den Baum hochzuklettern. Das Ziel bestand darin, keine Dekoration herunterzuwerfen, damit sie keinen Ärger bekamen.

Felix zuckte bei einem besonders schrillen Schrei zusammen. »Wollen wir irgendwo hingehen, wo es ruhig ist, um einen Kaffee zu trinken?«

Sie sollte Nein sagen. »Scheiße, ja.«

Er nahm sie an der Hand und zog sie zur Tür hinaus in die kühle Nachmittagsluft.

Sie schaute zum Himmel, dann zu ihm. Er hatte keine Jacke an. »Du wirst frieren.«

»Wir haben es nicht weit.«

Tatsächlich befand sich das Café auf der anderen Straßenseite und schien voll zu sein. Das hielt Felix jedoch nicht davon ab, sich zwischen den Tischen durchzuschlängeln, bis er einen fand, der gerade frei geworden war. Er platzierte sie mit Anweisungen auf einem Stuhl. »Bewache diesen Platz, während ich uns heißen Kakao hole.«

Verwirrt beobachtete sie, wie der Prinz sich anstellte und das Kichern und die bewundernden Blicke der Frauen in der Schlange vor ihm ignorierte. Er bestellte zwei Getränke und kehrte zurück, wobei die Tassen, die er balancierte, die schmelzenden Marshmallows auf der heißen Flüssigkeit zeigten. Er stellte sie ab, wobei er sich entschuldigte: »Sie hatten keinen Honig.«

Sie erschauderte. »Als würde ich gekauften, massenproduzierten Mist essen.«

Er brach in Gelächter aus. »Du klingst wie ich und meine Haarprodukte.«

Der Vergleich entlockte ihr ein Lächeln. »Wir sind wohl beide etwas wählerisch, wenn es um gewisse Dinge geht.«

»Apropos Dinge, wie ist es auf der Farm?«

»Laut.«

Besorgt schürzte er die Lippen. »Keiner hat erwähnt, dass es Ärger gab.«

Moment, hieß das, dass er nach ihr geschaut hatte? Warum sollte er die Löwen fragen, wenn er sie anrufen oder eine SMS hätte schicken können?

»Mein Problem sind eher die ständigen Gäste. Ich weiß, die Schlampen meinen es gut, aber sie halten nie die Klappe.«

»Nicht wahr?«, erwiderte er. »Ich überlege, ob ich mir Ohrstöpsel besorge und sie mit mir herumtrage.«

»Ein guter Plan. Ich bin schließlich verzweifelt, habe die letzte Löwin in meinen Pick-up gelockt und sie zurück in die Stadt gefahren. Ich kann es kaum erwarten, die Stille zu genießen.«

»Du Glückliche. Ich vermisse die Ruhe in deinem Zuhause.«

Das Eingeständnis überraschte. »Meinst du nicht, dass du dein Schloss vermisst?«

»Nein. Ich fand es bei dir eigentlich viel entspannender.« Er zuckte mit den Schultern, als er hinzufügte: »Es gab eine Zeit, in der ich das königliche Leben wirklich geliebt habe. Ich war immer unterwegs und ständig darum bemüht, gut auszusehen.«

»Und jetzt?«

»Es ist anstrengend. Ich war noch nie so entspannt wie in der Zeit, als wir in deinem Wohnzimmer vor dem Ofen saßen und über Bienen gelesen haben.«

Er ließ es so schön klingen, aber es gab auch eine Kehrseite der Medaille. »Es kann manchmal einsam sein«, gab sie zu. Dann wurde ihr klar, dass sie dadurch weinerlich und erbärmlich klingen könnte.

»Das Dasein als Prinz kann auch so sein.«

»Wie kann man einsam sein, wenn man überall Leute um sich herum hat?«

»Fremde, die etwas von mir wollen, nicht von mir als Person, sondern von mir als Prinz. Das kann sehr isolierend sein.«

»Oh, der arme Prinz«, spottete sie, und genau wie auf der Farm verfielen sie in die gleiche lockere Unterhaltung und Kameradschaft, die sie zuvor entdeckt hatten. Ihr Gespräch dauerte so lange, dass es draußen dunkel wurde.

»Ich sollte jetzt gehen.« Sie stand vom Tisch auf.

»Musst du das?«

»Ich muss packen. Ich reise bald nach Florida.«

»Ich weiß ... Es ist nur ...« Der sonst so forsche Prinz schien um Worte verlegen zu sein. »Es war so schön, dich zu sehen.«

»Vielleicht sehen wir uns ja eines Tages wieder.« Eine lahme Antwort, zumal das unwahrscheinlich war.

»Edwina –«

Auf halbem Weg zur Tür hielt sie inne.

Was auch immer er sagen wollte, wurde unterbrochen, als eine Gruppe von Schlampen hereinkam und rief: »Wir brauchen heißen Kakao. Sofort!«

»Tschüss, Prinz«, sagte Edwina leise und wandte sich zum Gehen. Zu ihrer Überraschung drehte er sie zurück, nachdem er den Abstand zwischen ihnen geschlossen hatte.

»Was machst du da?«, keuchte sie.

»Das, worüber ich seit unserer Trennung nachgedacht habe.« Er küsste sie.

Heftig.

Es führte zu viel Jubel und heißen Wangen ihrerseits. Bevor sie fliehen konnte, luden die Damen des Rudels – und mit einladen meinte sie, dass sie es verlangten – Edwina zum Abendessen in das nahe gelegene, rudelgeführte Restaurant ein.

Sie hätte Nein gesagt, aber Felix lehnte sich nahe an sie heran und sagte: »Bitte. Ich möchte nicht, dass du jetzt schon gehst.«

Wie könnte eine Frau da Nein sagen?

Im Restaurant war es laut und ausgelassen, aber das Essen war ausgezeichnet. Was die Gesellschaft anging, so konnte sie an Felix nichts aussetzen. Er war charmant. Aufmerksam. Und unheimlich ablenkend.

Als sie sich entschuldigte, um auf die Toilette zu gehen, tat sie das eher, um sich Wasser auf ihr gerötetes Gesicht zu spritzen. Als sie an den Tisch zurückkehrte, stand Felix aus Respekt auf und sah sie trotz ihres hässlichen Outfits unverwandt an.

Jemand rief: »Mistelzweig.«

Edwina neigte den Kopf und sah, wie eine grinsende Meena den Zweig über sie und Felix hielt. Die Löwin wackelte mit dem Stock, an den sie ihn gebunden hatte. »Ihr müsst euch küssen. Das ist das Gesetz.«

Edwina hätte vielleicht protestiert, aber Felix beugte sich vor und flüsterte: »Wir wollen doch keine Regeln brechen.«

Der Druck seines Mundes auf dem ihren ließ sie alles vergessen.

Wer er war. Wo sie waren. Es gab nichts außer der Hitze, die zwischen ihnen loderte. Sie dauerte zu lange und nicht lange genug. Sie setzten sich unter betrunkenem Jubel hin, und Meena zog mit ihrem Mistelzweig zu anderen Paaren weiter.

Doch der Schaden war bereits angerichtet. Das Feuer in ihr erlosch nicht, und als Felix nach dem Dessert seinen Mund an ihr Ohr drückte und »Bleib über Nacht« murmelte, gab es nur noch eines zu sagen.

»Okay.«

Kapitel Zwölf
AM VORABEND VON WEIHNACHTEN SCHENKTE EIN BÄR MIR - SICH SELBST.

FELIX WOLLTE SICH AM LIEBSTEN EDWINA über die Schulter werfen und zurück zum Wohngebäude und der ihm zugewiesenen Gästesuite laufen. Ein Teil von ihm machte sich Sorgen, dass Edwina ihre Meinung ändern würde. Aber sie schafften es durch die Tür seiner vorübergehenden Wohnung. Gerade rechtzeitig.

Klamotten flogen durch die Gegend und landeten in unordentlichen Haufen auf dem Boden, aber das war ihm egal.

Ihre Lippen trafen sich, und das war alles, was zählte.

Ihm war nicht klar gewesen, wie sehr er das gewollt hatte – Edwina in seinen Armen –, bis er sie hatte. Jetzt würde er diesen Durst stillen.

Mit den Händen entledigte sie sich schnell ihrer

Kleidung und es war ihm egal, ob sein teures Hemd auf dem Boden zerknitterte oder ob er seine verdammt enge Jeans zerriss, als er sie auszog. Er musste seine Haut auf ihr spüren. Er streichelte ihre nackte Haut und glitt mit den Händen hinunter zur Wölbung ihres Hinterns. Sie umfasste sein Gesicht und küsste ihn, ihre Zunge in seinem Mund, wo er daran saugen konnte.

Er drückte sie gegen die Wand der Wohnung und sie schlang ein Bein um seine Hüften, um ihm den Zugang zu ihrem Schritt zu ermöglichen. Er tauchte einen Finger in ihren Honigtopf und spürte die Hitze, die Nässe, das Zittern ihrer Erregung.

Als er einen zweiten Finger in sie stieß, klammerte sie sich an ihn und keuchte: »Ja. Gib's mir.«

»Das werde ich, wenn ich bereit bin. Aber erst muss ich dich wieder kosten.«

Denn er konnte ihren Geschmack nicht vergessen. Er sehnte sich mehr danach als nach allem anderen, was ihm je begegnet war. Und er würde ihn wieder haben.

Der nackte Holzboden würde seine Knie umbringen, also nahm er sie in seine Arme und ignorierte ihren leisen Protest. »Lass mich runter. Du machst dir noch den Rücken kaputt.«

Anstatt zu antworten, küsste er sie. Sie seufzte in seinen Mund und er hatte das Vergnügen, sie zu seinem Bett zu tragen.

Und, ja, es war ein Vergnügen. Sie in seinen

Armen zu halten. Wie ihr Duft ihn umhüllte. Ihre Hände, die ihn berührten. Ihre Lippen aufeinander.

Sie lag auf seiner Matratze und er bedeckte sie, sein Körper auf ihren gepresst, während er sie weiter küsste und ihre Zungen miteinander duellieren ließ. Sein pochender Schwanz war zwischen ihren Körpern eingeklemmt.

Aber er wollte mehr.

Er unterbrach den Kuss nur, damit er andere Dinge mit seinem Mund tun konnte. Er spreizte ihre Schenkel, um zwischen sie zu gelangen, und beobachtete sie, als er mit den Fingern ihre Klitoris fand und sie reizte. Sie hob die Hüften vom Bett. Sie schnappte nach Luft. Keuchte.

Wollte ...

Während er sie weiter fingerte, kostete er mit der Zunge endlich ihren Honig. So köstlich wie in seiner Erinnerung, und er summte, während er sie leckte. Als sie kam, wurde er hart, da sie sich fest um ihn herum zusammenzog und in Wellen pulsierte.

Und trotzdem reizte er sie weiter und steigerte die Erregung zu einem noch stärkeren Verlangen. Sie zog ihn zu sich heran, um ihn auf den Mund zu küssen. Sie vergrub die Hände in seinen Pobacken, während sie sich weit genug spreizte, um ihm Platz zu machen.

»Lass mich nicht warten«, knurrte sie, als er sie nur mit der Spitze seines Schwanzes reizte.

»Wie mein Honigbär befiehlt.« Er stieß in sie hinein und kam beinahe auf der Stelle. Sie umklammerte ihn so fest, dass er vielleicht nie wieder entkommen würde.

Das war ihm nur recht, denn er hatte das wahre Paradies gefunden.

Gemeinsam bewegten sie sich und rieben sich aneinander. Sie ließen ihre Hüften kreisen und schnappten nach Luft. Die Leidenschaft beherrschte sie beide, eine wilde Sache, die nicht aufhörte, als sie beide zum Orgasmus kamen.

Selbst als der Schweiß abkühlte und sich ihr Herzschlag verlangsamte, klammerten sie sich aneinander.

Ihr zweites Mal endete weniger hektisch und genauso intensiv.

Eine Dusche führte zu Runde Nummer drei und dazu, dass Felix nach Essen rief, da eine gut vögelte Bärin anscheinend Snacks brauchte. Dann, obwohl sie keinen Honig zur Hand hatte, blies sie ihm einen und er brüllte. Laut genug, dass jemand an die Tür hämmerte.

»Alles in Ordnung da drin?«

Das Gestaltwandler-Gehör bedeutete, dass er eine zweite Person hörte, die die erste mit einem nicht ganz so leisen »Siehst du nicht, dass er es mit jemandem treibt?« zum Schweigen brachte.

Nicht nur mit jemandem.

Mit seinem Honigbären.

Mein.

Sie schliefen eng umschlungen ein, sein schlaffer Körper auf dem ihren. Die Tatsache, dass er sie wie eine Decke zudeckte, war der einzige Grund, warum er aufwachte, als sie versuchte, unter ihm hinauszuschlüpfen, und damit seine Ruhe störte.

»Wo gehst du hin?«, murmelte er schläfrig, als sie das Bett verließ.

»Nach Hause.«

Da er erwartet hatte, dass sie *Auf die Toilette* sagen würde, überraschte ihn das sehr. Er öffnete die Augen und drehte sich zu ihr. »Nach Hause? Aber es ist spät.« Oder früh, je nachdem, wie man es betrachtete.

»Um diese Nachtzeit ist weniger Verkehr. Oder ich sollte vielleicht lieber Zeit am Morgen sagen, denn es ist noch eine Stunde bis zum Morgengrauen.«

»Bleib.« Offenbar war er dem Betteln nicht abgeneigt.

Sie biss sich auf die Unterlippe und überlegte kurz, bevor sie den Kopf schüttelte. »Ich kann nicht. Mein Flug geht in ein paar Stunden und ich habe immer noch nicht gepackt oder das Haus für meine Abwesenheit vorbereitet.«

»Aber ...« Ein Wirrwarr von Worten lag ihm auf der Zunge – *Bleib bei mir. Sei mein. Liebe mich ...*

Doch anstatt etwas Falsches zu sagen, sagte er gar nichts.

Und sie ging. Verließ ihn an Heiligabend.

Das schlimmste Geschenk aller Zeiten.

Kapitel Dreizehn
AM TAGE VOR BÄRNACHTEN
SCHENKTE MEIN LIEBSTER MIR –
NICHTS. DENN ES STELLTE SICH
HERAUS, DASS ER NICHT MEIN
LIEBSTER WAR, SCHÄTZE ICH.

T<small>ROTZ DES</small> F<small>LEHENS IN SEINEN</small> A<small>UGEN VERLIEß</small> Edwina den eitlen Prinzen, der sich als gar nicht so eitel herausstellte und ein besserer Liebhaber war, als sie erwartet hatte. Er war kein bisschen egoistisch, denn es war ihm nur um ihre Lust gegangen.

Und welche Lust er ihr beschert hatte.

Sie war noch nie so heftig gekommen. Noch nie hatte sie jemanden so fest umklammert, ohne ihn zu brechen. Er hatte kein einziges Mal vor Schmerz gequiekt. Vielmehr wurde er umso erregter, je mehr sie losließ. Sie hatte ihn sogar zum Brüllen gebracht. Das war das erste Mal für sie und irgendwie fantastisch.

Als er sie zu bleiben bat, hätte sie fast Ja gesagt. Bei dem Gedanken, den Tag in seinen Armen zu verbringen, fragte sie sich wirklich, warum sie sich in einen kalten Pick-up gesetzt und auf teilweise kaum befahrbaren Straßen nach Hause gefahren war. Und doch war sie hier, blickte angestrengt durch die Windschutzscheibe, lenkte vorsichtig und manchmal defensiv, wenn das Heck ihres Fahrzeugs ausscherte.

Die Ausrede, die sie benutzt hatte, ein Flugticket, klang so lahm. Ja, sie sollte eigentlich zu ihren Eltern und ihrem Großvater fliegen, aber wenn sie anrufen und sagen würde, dass sie ein paar Tage länger warten wollte, weil sie jemanden kennengelernt hatte, würde ihre Mutter das verstehen und sogar unterstützen. Mama hatte mehr als einmal gesagt, dass sie sich wünschte, Edwina würde jemanden finden, damit sie nicht allein wäre. Auch wenn Edwina noch so oft beteuerte, dass ihr die Einsamkeit nichts ausmachte. Nachdem sie Felix getroffen hatte und in dem Wissen, wie ihre Eltern miteinander umgingen, verstand sie endlich, was ihr fehlte.

Ein Gefährte. Ein Geliebter. Wie schade, dass sie zu dieser Erkenntnis ausgerechnet mit einem Prinzen hatte kommen müssen. Es war von Anfang an zum Scheitern verurteilt. Er gehörte nicht hierher. Egal wie viel Spaß er in ihrem Bett hatte, irgendwann würde er nach Hause fahren.

Ohne sie.

Es war besser, diesem Herzschmerz aus dem Weg zu gehen und nach Florida zu reisen, wo sie von ihrer Mutter mit frischen Meeresfrüchten gefüttert, von ihrem Vater über das Geschäft ausgefragt und von dem Familienältesten mit Geschichten über Idioten unterhalten werden würde. Sie könnte sogar die Fernbedienung von Opa klauen, um sich einen Spaß zu machen.

Auf der letzten Straße zu ihrem Haus begann ihr Telefon zu summen. Ihr alter Pick-up hatte kein eingebautes Navigationssystem und sie war nicht so dumm, es im Dunkeln auf möglichem Glatteis zu überprüfen.

Als sie sich der Einfahrt zu ihrer Farm näherte, bemerkte sie einen großen Lieferwagen, dessen Silhouette sich gegen den dämmernden Himmel abzeichnete und der in ihrer Einfahrt parkte. Die Scheinwerfer des Wagens waren hell und sie blinzelte, als sie neben ihm parkte.

»Was zum Teufel ...«, murmelte sie und schwang sich aus ihrem Wagen. Das offene Rolltor am Heck des nicht gekennzeichneten Fahrzeugs klaffte in Richtung ihrer Scheune.

Zwei stämmige Männer verließen die Scheune, wobei sie einen Bienenstock trugen.

»Verzeihung, aber was zum Teufel denkt ihr, was ihr da tut?«, brüllte Edwina, obwohl es ihr klar war. Sie hatte einen Honigdiebstahl unterbrochen!

»Misch dich da nicht ein«, grunzte der ordinäre Neandertaler zur Linken. Im direkten Kontrast dazu hatte sein Begleiter eine ausgeprägte Stirn und schütteres Haar, das er tapfer in langen, fettigen Strähnen hielt.

Edwina verschränkte die Arme vor der Brust. »Ich werde mich einmischen, denn das ist meine Scheune, die ihr da ausraubt.«

»Wie auch immer, Lady. Hast du ein Problem? Sprich mit dem Kerl, der uns angeheuert hat.«

»Moment mal, jemand hat euch angeheuert?«, wiederholte sie dumm, nur um eine Sekunde später festzustellen, dass Barry, der Übeltäter und offensichtliche Drahtzieher dieser Dummheit, aus der Scheune schlenderte. »Was glaubst du eigentlich, was du da tust?«, schnauzte sie.

»Die bessere Frage wäre, warum bist du hier? Solltest du nicht, wie jedes Jahr, zu deinen Eltern fliegen?«

»Mein Flug geht erst später.«

»Mein Fehler. Da der Pick-up über Nacht nicht da war, habe ich angenommen, dass du weg bist.« Was darauf hindeutete, dass er sie beobachtet hatte.

»Und du dachtest, du könntest mich ausrauben?« Sie schüttelte den Kopf. »Keine gute Idee.«

»Wer soll mich denn aufhalten? Die Bullen sind zu weit weg. Und ich wette, du hast sie nicht einmal angerufen.«

Er hätte recht. »Dafür wirst du ins Gefängnis kommen.«

»Keiner wird wissen, dass ich es war. Hast du wirklich geglaubt, ich wäre dumm und würde die Kameras nicht bemerken? Ich habe eine Gesichtsmaske getragen, bis wir die beiden zerstört haben.«

Die beiden? Das bedeutete, dass er nichts von der dritten wusste. Nicht dass es geholfen hätte. Edwina bestand darauf, die Sicherheitsaufzeichnungen der Farm geheim zu halten, was bedeutete, dass die Polizei keinen automatischen Anruf erhielt, wenn die Kameras eine Bewegung feststellten, und auch keine Sicherheitsfirma.

Aber die gute Nachricht war, dass sie Barrys Gesicht fressen konnte, wenn die Kameras weg waren. Solange sie das Blut abwusch, nachdem sie die Leiche – oder besser gesagt drei Leichen – beseitigt hatte, war alles in Ordnung.

Nicht ihre erste Wahl. Sie hasste es wirklich, mit einem Bauch voller Fleisch zu fliegen.

»Es gibt doch sicher einfachere Verbrechen, als meine Bienenstöcke zu stehlen. Du weißt schon, dass du auch mit meinen Bienen noch Felder und Blumen brauchst, und hast du eine Abfüllanlage?«

Je mehr Fragen sie stellte, desto härter wurde seine Miene. »Der Honig ist mir scheißegal, aber ich habe gehört, wie jemand in der Kneipe gesagt hat, du würdest auf flüssigem Gold sitzen. Ich brauche schnell Geld, und da dein Haus außer ein wenig Modeschmuck nichts Wertvolles hat, werde ich deine Bienenkästen verkaufen.«

»An wen?«

»Ich werde jemanden finden. Vielleicht will dein Rivale sie haben.«

Die einzige Rivalität, der sie nachgab, war auf dem Jahrmarkt. Jeder wusste, dass ihr Honig nicht nur von besserer Qualität war als der von *Honey-dils*, Edwina verkaufte ihn auch für die Hälfte des Preises.

»Du mischst dich in Dinge ein, die du nicht

verstehst.« Sie versteifte sich, als das Duo die Laderampe des Wagens herunterkam und in die Scheune ging.

»Das ist alles deine Schuld, weißt du. Dass du mich so abserviert hast, nachdem ich so nett zu dir war. Du hättest dich erkenntlich zeigen sollen.«

»Wofür?«, fragte sie, weil sie sich wirklich fragen musste.

»Die Tatsache, dass ich so getan habe, als würde es mich nicht interessieren, dass du so fett bist wie Bigfoot.«

Sie blickte an sich herunter. Nein, sie würde nie zierlich, anmutig oder zart sein. Gleichzeitig hatte sie keine Probleme mit ihrem Selbstbewusstsein, wenn es um ihr Aussehen ging. Sie war attraktiv für den richtigen Typen. Wie Felix.

Ein Mann, den sie für diesen Scheiß in einem warmen Bett zurückgelassen hatte. Sie rieb sich die Stirn. »Du wirst deinen Schlägern sagen, dass sie meine Bienenstöcke wieder zurückbringen sollen, und vielleicht, nur vielleicht, kann ich mich selbst dazu überreden zu vergessen, dass ich dich je gesehen habe. Sieh es als ein Weihnachtsgeschenk, das du nicht verdient hast.«

»Du bist nicht diejenige, die das Sagen hat«, schimpfte Barry. »Ich gehe nirgendwo hin und du auch nicht.«

»Soll das eine Drohung sein? Ich kenne dich. Du wirst mir nicht wehtun.« Sie wollte an Barry vorbeigehen, aber er packte sie so fest am Arm, dass es einen blauen Fleck hinterlassen würde.

Sie betrachtete erst die Hand auf ihrem Körper und dann ihn. »Das würde ich an deiner Stelle nicht tun.«

»Oder was?«

»Sonst nehme ich sie dir eventuell ab und schlage dich damit«, knurrte sie.

»Große Worte für jemanden, der keine Waffe hat«, sagte Barry, der eine aus seinem Hosenbund zog.

Idiot. Sie schlug sie ihm aus der Hand.

Seine Augen wurden schmal. »Ich bin es leid, dass du mich nicht ernst nimmst.«

»Dito. Ich hätte dich wohl früher warnen sollen, den Bären nicht zu ärgern.«

»Du riesige verdammte Kuh. Hör auf, mich entmannen zu wollen.«

»Oh, fühlt der kleine Barry sich unzulänglich? Ich bin überrascht, dass das in deinem Alter immer noch so ist, denn du hattest Jahrzehnte Zeit, dich mit deiner mangelnden Größe abzufinden.« Sie senkte den Blick. Es war nicht nötig, subtil zu sein. Das war einer der Gründe, warum ihre Beziehung nicht lange gehalten hatte. Sie sollte nicht fragen müssen: »*Bist du schon drin?*«

»Entschuldige dich.« Er stürzte sich auf sie, und sie wich lachend aus.

»Du musst schon schneller sein als das.«

»Nein, ich musste dich nur ablenken.« Das

Grinsen kam als Warnung zu spät. Als sie herumwirbelte, sah sie seine angeheuerten Schläger hinter sich; einer von ihnen hielt einen Taser in der Hand.

Keine große Sache. Ein großes Mädchen konnte ein bisschen Strom vertragen.

Der Stromschlag traf ihre Haut, stärker als erwartet, und sie stöhnte, wobei ihre Zähne hart aufeinanderknallten. Sie landete mit den Knien auf dem Boden, während es sie weiter durchzuckte. Trotzdem wäre sie vielleicht noch in Ordnung gewesen, wenn die zweite Ladung nicht gewesen wäre. Offenbar hatte Barry nicht nur eine Schusswaffe in seiner Tasche. Als er den fließenden Strom verstärkte, schlug sie zuckend auf dem Boden auf.

Als Barry und Co. sie in den Wald schleppten, war sie inmitten des leicht fallenden Schnees bereits bewusstlos geworden.

Kapitel Vierzehn
AM ABEND VOR WEIHNACHTEN
SCHENKTE MEIN
UNTERBEWUSSTSEIN MIR - EINE
IDEE, DIE EINER ROMANTISCHEN
KOMÖDIE WÜRDIG WÄRE.

Nachdem Edwina gegangen war, blieb Felix im Bett. Wozu sollte er aufstehen? Es war nicht so, als müsste er irgendwo hin. Jemanden sehen. Edwina war so schnell aus seinem Leben verschwunden, wie sie gekommen war.

Und das machte den Prinzen traurig.

Zugegeben, er kannte Edwina als Person nicht besonders gut, noch nicht. Aber er wollte sie kennenlernen. Die Einblicke, die er bisher bekommen hatte, machten ihm klar, dass er mehr Zeit mit ihr verbringen wollte. Auf der Farm, wo sie die friedlichen Momente genießen konnten. Im Bett, wo ihre Leidenschaft begeisterte. Bei einem Kaffee, wo sie über echte Dinge und nicht über Unsinn reden konnten – *ist es wahr, dass du in einem Bett mit goldenen Laken schläfst?* Nachdem er über Honige gelesen hatte, hatte der

Wissenschaftler in ihm einige Ideen. Ideen, die er mit jemandem teilen wollte, der sie verstehen würde.

Edwina.

Aber sie kennenzulernen bedeutete, nicht nach Hause zurückzukehren. Es war ja nicht so, dass er in Spanien dringend gebraucht wurde. Tatsächlich würde die Firma angesichts ihrer expandierenden Geschäfte irgendwo in dieser Stadt eine Außenstelle eröffnen und brauchte jemanden, der sie leitete.

Warum nicht er? Er könnte die Expansion vorantreiben. Sich ein Bürogebäude besorgen. Aber anstatt im Rudelgebäude seines Cousins zu wohnen, könnte er vielleicht von einer Farm aus pendeln.

Wenn eine gewisse Bärin zustimmte, mit einem Prinzen auszugehen.

Eine Bärin, die gerade in ein Flugzeug stieg, während er im Bett Trübsal blies.

Hätte er diese Offenbarung doch nur vor ihrer Abreise gehabt. Jetzt würde er warten müssen, bis sie zurückkam.

Traurigkeit. Sogar sein Haar fiel vor Bedauern in sich zusammen. Das verlangte nach Kaffee und Donuts, ohne Rücksicht auf die Auswirkungen für seinen Bauch. Es dauerte nur eine Sekunde, den Kaffee im Café zu bestellen, und das übertriebene Trinkgeld, das er dazu gab, sorgte dafür, dass er ihn in weniger als einer Viertelstunde vor die Tür bekam. Erst dann bewegte er seinen Hintern aus dem Bett.

Felix kippte seinen übergroßen Karamell-Mokka-

Latte in sich hinein, während er zuckersüßes Gebäck naschte und kaum den Nachrichten zuhörte.

»… Flüge wegen des Sturms gestrichen.«

Moment, was hatte er da gehört? Die Nachrichtensendung ging weiter, anstatt sich zu wiederholen. Felix warf einen Blick aus dem Fenster auf den grauen Himmel und den fallenden Schnee. Noch mehr Schnee auf dem noch nicht geräumten Schneematsch, der die nassen Straßen noch tückischer machte und die Flugzeuge am Boden hielt.

»Was für ein schöner Tag!«, rief er, denn das schreckliche Wetter hielt Edwina auf dem Boden, was bedeutete, dass er noch eine Chance hatte.

Er dachte daran, ihr eine SMS zu schreiben – *Hey, Honigbär, ich sehe, dein Flug hat Verspätung, willst du Gesellschaft?* –, aber das erschien ihm zu banal. Edwina zu bitten, ihm eine Chance zu geben und ihn zu ihrem Lebenspartner zu machen, erforderte eine große Geste.

»Ich werde ihr persönlich sagen, was ich fühle.« Dazu musste er zur Honey Pine Farm kommen.

Ein Plan, der schnell vereitelt wurde.

Einen Mietwagen oder gar einen Chauffeur konnte er vergessen. An Heiligabend war schon an den besten Tagen viel zu viel los; wenn da noch ein Schneesturm mit widrigen Bedingungen dazukam, kam es auf den Straßen praktisch zum Stillstand.

Felix ging in der Eingangshalle auf und ab, als ein anderer Fahrservice trotz des versprochenen Geldes sagte, dass es noch Stunden dauern würde, bis sie ihn transportieren könnten.

»Was ist los? Du siehst aus, als hätte dir jemand dein Diadem gestohlen«, bemerkte Luna, deren tödlicher Bauch in seine Richtung zeigte.

»Erstens trage ich eine Krone, die zurzeit in einem Safe eingeschlossen ist.« Mutter sperrte sie weg, wenn er und seine Schwester sich darüber stritten, wer sie tragen durfte. »Ich bin sauer, weil euer Wetter beschissen ist und die Straßen unpassierbar sind.«

»Ach was. Es ist Winter. Musst du irgendwo hin?«

Stolz würde Felix nicht helfen, zu Edwina zu gelangen. Er brauchte Hilfe. »Ich muss zur Honey Pine Farm.«

»Warum?« Lunas Augen weiteten sich. »Oh. Mein. GOTT.« Sie wirbelte herum, legte eine Hand an ihren Mund und brüllte: »Operation Honigprinz läuft.«

»Was?«, fragte Felix, als plötzlich von überall her Schlampen auftauchten. Versteckt unter Sofas, hinter Topfpflanzen. Eine fiel sogar aus einem Lüftungsschacht über ihm.

Bald war er von jubelnden Schlampen umringt, die furchterregendste Sorte.

»Ich wusste es. Sie ist seine Gefährtin!« Reba stieß mit dem Finger in seine Richtung. »Du hast lange genug gebraucht, um es herauszufinden.«

»Ich. Äh ...«, stammelte der weltgewandte Prinz.

»Ich habe es in dem Moment gesehen, in dem sie

verächtlich über seine dämlichen Stiefel die Nase gerümpft hat.« Nexxie seufzte. »So romantisch. Wir sollten die Dinger bronzieren lassen.«

»Ich wette, es war sein riesiger Schwanz.« Nach Joans Worten herrschte Schweigen. Die Frau wurde entrüstet und fauchte: »Ihr müsst mich nicht so anstarren. Nur weil ich Muschis bevorzuge, heißt das nicht, dass ich diese Dinge nicht bemerke. Was glaubt ihr, woher ich meine Ideen für Dildo-Designs nehme?«

In dieser Aussage steckte viel zu viel, also vermied Felix sie und konzentrierte sich auf das Wesentliche. »Könnt ihr mich zu Edwina bringen, damit ich mit ihr reden kann?«

»Reden. Ha.« Joan klopfte ihm auf den Rücken. »Werdet ihr dieselbe Art von Gespräch führen wie gestern Abend?«

»Heilige Katzenminze, das waren sie?«, rief Melly. Wieder einmal wurde Felix von zu vielen Augen angestarrt.

»Hätten wir gewusst, dass du so schreist, hätten wir dich in die Gästesuite auf der anderen Straßenseite gesteckt. Manche von uns mögen es, wenn sie ungestört schlafen können.« Ein Grummeln von Luna.

»Lasst den armen Kerl in Ruhe. Ich glaube, wir wissen alle noch, wie es ist, sich zu verlieben.« Meena seufzte und legte die Hand auf ihre Brust. »Leo musste unsere Matratze auf den Boden legen, nachdem wir das dritte Bettgestell innerhalb einer Woche kaputt gemacht hatten.«

Liebe? »Ich habe nie gesagt, dass ich sie, äh, liebe«, stammelte Felix.

»Warum sonst wärst du so verzweifelt darauf aus, dich bei einem Sturm nach draußen zu begeben?«, bemerkte Nexxie. »Es ist wirklich ein Rudelnachts-Special. Ein fremder Prinz verliebt sich in die Imkerin und würde alles tun, um sie zu erreichen und ihr seine Liebe zu gestehen.«

»Und sie waren bis ans Ende ihrer Tage glückliche Gefährten«, sang Meena.

»So romantisch.« Die Gruppe der Schlampen geriet ins Schwärmen.

Felix spürte Panik.

Für einen Moment verließ ihn seine Zuversicht. Sein ganzes Leben lang hatte er sich dagegen gewehrt, jemals mit jemandem verbunden zu sein. Er hatte sich gegen eine eigene Familie gewehrt. Hatte sich gegen die Kupplungsversuche seiner Mutter gewehrt.

Nur weil er Edwina nicht getroffen hatte. Liebe war etwas, das er nicht fürchten, sondern umarmen sollte.

Er zog die Schultern zurück. »Nichts davon wird passieren, wenn ich nicht mit ihr reden kann. Edwina sollte eigentlich über Weihnachten nach Florida fliegen, aber ihr Flug wurde gestrichen. Ich muss zu ihrer Farm gelangen, aber die Straßen sind ein einziges Chaos und ich finde keine Mitfahrgelegenheit.«

Meena legte einen Arm um seinen Oberkörper und drückte zu, sodass ein paar Rippen protestierten.

»Keine Angst, Prinz. Du hast die richtigen Leute um Hilfe gebeten.«

»Habt ihr noch den Schneepflug?«, fragte er plötzlich hoffnungsvoll.

»Nein. Vergiss das klobige, laute Ding.« Reba grinste auf furchterregende Weise. »Seit dieser Eskapade hatten wir Zeit, uns besser auszurüsten. Schlampen!« Alle Stimmen verstummten, als sie Reba zuhörten. »Die designierten Fahrer, macht euch bereit und geht zu den Schlitten.«

Zu den was?

Luna schlug ihm auf den Arm. »Zieh dir warme Sachen an und triff uns in der Garage. Wir fahren in fünf Minuten los.«

Er hätte widersprechen können, aber so wie es sich anhörte, hatten sie einen Plan.

Es ging um fünf Schneemobile, glänzend und neu, die auf Anhängern geparkt waren. Melly arbeitete bereits an den Gurten von einem, während Meena an einem anderen herumwerkelte. Luna stand an der Seite und stritt sich mit einem Mann, der den Fehler machte, auf ihren Bauch zu zeigen und zu fragen: »Ist das wirklich klug?«

»Versuch, mich aufzuhalten, und sieh, was passiert«, knurrte Luna.

»Du bist wahnsinnig. Aber ich liebe dich«, brummte der Mann, während er in einen Geländewagen stieg, der es wahrscheinlich nicht weit schaffen würde. Aber Schneemobile ... Felix fing an, den Stil der Rudel-Schlampen zu bewundern.

»Ich bin hier. Welche Maschine ist meine?«, fragte er. Er war noch nie mit einem gefahren, aber wie schwer konnte es schon sein?

Luna zeigte. »Du fährst mit Melly.«

Die zierliche Frau zog eine Grimasse, als sie ihren Helm aufsetzte. »Du solltest hoffen, dass mein Mann nicht eifersüchtig wird und dein Bankkonto einfriert. Du willst nicht wissen, was passiert ist, als ein Elch aus Kanada betrunken war und mit mir geflirtet hat.«

Nexxie lehnte sich dicht an ihn heran und flüsterte: »An der Grenze verhaftet und durchsucht, weil sie einen Hinweis bekommen hatten.«

»Niemand hat je bewiesen, dass das mein Gefährte war«, argumentierte Melly.

Für den Fall der Fälle beeilte Felix sich jedoch zu sagen: »Kann ihn jemand darüber informieren, dass ich nur Edwina will?«

Seine Aussage löste zahlreiche glückliche Seufzer aus, zunichtegemacht durch ein gebrülltes: »Die letzte Schlampe an der Farm massiert mir die Füße.« Luna schwang sich auf ihre leuchtend grüne Maschine und schoss damit los.

Reba fuhr auf einer roten Rakete, Meena auf einer blauen, Joan auf einer orangefarbenen und Melly, mit dem einzigen Beifahrer, hatte die gelbe Maschine.

Ihre Schneemobile, laute, dröhnende Ungetüme aus Metall und Gummiketten, rollten aus der Garage, wobei sie so stark qualmten, dass Felix sich nicht an dem hässlichen glitzernden Helm störte, den sie ihm gegeben hatten. Sobald sie draußen waren und auf Schnee trafen, wurde die Fahrt ruhiger.

Mehr oder weniger. Anscheinend dachten die Schlampen, dass Felix schnell zur Farm kommen musste, und das nicht unbedingt lebend. Er hielt sich verzweifelt fest, während sie sich durch die verschneiten Straßen schlängelten, auf der Straße, wo es ging, und auf dem Bürgersteig, wo es nicht ging. Die wenigen Fußgänger, die noch versuchten, in letzter Minute im Sturm einzukaufen, gingen ihnen meist aus dem Weg. Das war klug angesichts der kichernden schwangeren Frau in dem übergroßen Parka und dem Helm mit der Aufschrift *Superschlampe*, die brüllte: »Aus dem Weg oder ihr bekommt eine Platzwunde zu Weihnachten.«

Was die Leute wohl dachten, wenn sie aus dem Fenster schauten und sie herumfahren sahen, wagte er nicht zu fragen und hoffte, dass sie es auf wirklich guten Eierpunsch schieben würden. Den, den er eigentlich vor einem lodernden Kaminfeuer schlürfen sollte, anstatt sich an Melly festzuhalten und zu beten, dass ihr Mann nicht seine Finanzen ruinierte, während sie so scharf die Kurven nahm, dass sie fast umkippten.

Die Fahrt wurde etwas weniger chaotisch, als sie die Stadt verließen und über die verschneite Landstraße rauschten, um die gestrandeten Fahrzeuge herum. Obwohl die Kilometer zwischen ihm und Edwina kürzer wurden, nahm seine Angst nicht ab.

Moment, hatte er etwa Angst, dass sie sich nicht freuen würde, ihn zu sehen? Alle freuten sich, ihn zu sehen. Meistens. Was, wenn sie es nicht tat? Würde sein plötzliches Erscheinen als anhänglich rüberkommen?

Er weigerte sich, solche Zweifel aufkommen zu lassen. Zweifel führten zu Angst. Und Angst verursachte Falten.

Er musste auf das vertrauen, was er für Edwina empfand. Hoffen, dass sie es auch fühlte. Und wenn sie es nicht tat, würde er es ihr – und sich selbst – beweisen.

Der Schnee fiel weiter, ein zartes Flattern von Flocken, das recht hübsch war, auch wenn es alles in eine flauschige weiße Decke hüllte. Es erinnerte ihn an den ersten Sturm, als er mit Edwina eingeschneit gewesen war. Vielleicht hatte er ja Glück und sie säßen wieder zusammen fest. Wäre das nicht ein besonderes Geschenk?

Scheiße. Ein Geschenk. In seiner Eile, sie zu erreichen, hatte er vergessen, ihr etwas zu besorgen.

Jetzt war es zu spät.

Nicht weit von der Farm entfernt blieb ein Schneemobil liegen. Meena schlug darauf ein, aber das brachte ihr nicht mehr Benzin.

Es war Melly, die grummelte: »Ich dachte, die Tanks wären voll.«

»Waren sie auch, aber wir haben vielleicht ein paar Probefahrten gemacht.« Meena zog die Mundwinkel nach unten.

»Tut euch zusammen«, befahl Reba mit einem Klatschen in die Hände.

Als der dritte Schlitten wegen Benzinmangels ausfiel, hatten sie den Eingang zur Farm erreicht. Felix hielt sich immer noch an Melly fest, die Luna folgte, und sie hatten die einzigen beiden Maschinen, die noch –

Hust. Lunas Motor stellte den Betrieb ein.

Wie es sich für einen Gentleman gehörte, sprang Felix ab und bot Luna seinen Platz an, die ihm auf die Hand schlug. »Ich bin schwanger, nicht nutzlos.«

Trotzdem konnte er nicht weiterfahren, während Luna mit ihrem Bauch zu Fuß ging. Melly kam zu demselben Schluss, und das Trio stapfte weiter zum Hauptteil des Hofes und zum Haus.

Unterwegs stellte Felix fest, dass die Einfahrt überhaupt nicht geräumt worden war und teilweise verschneite Spurrillen aufwies. Große, dicke Spurrillen, die nicht von Edwinas Pick-up stammten. Sie fanden ihn in einem merkwürdigen Winkel neben einer großen rechteckigen Fläche geparkt, die aussah, als wäre dort etwas anderes geparkt gewesen, als es zu schneien anfing, was dann weggefahren war.

»Die Lichter sind aus«, bemerkte er, als er auf das Haus zuging.

»Vielleicht ist der Strom wieder ausgefallen?«, warf Melly ein.

»Vielleicht«, antwortete er. Was er nicht sagte? Bei dem düsteren Wetter hätte Edwina bestimmt Kerzen angezündet und – er schnupperte an der Luft – es roch nicht nach einem brennenden Ofen. War sie gegangen? Hatte sie sich vielleicht zum Flughafen fahren lassen, bevor sie erfuhr, dass ihr Flug gestrichen war?

Ein kräftiges Klopfen führte zu keiner Antwort. Genauso wenig wie das harte Hämmern. Die Türklinke ließ sich nicht bewegen, als er sie drücken wollte.

Sie war weg. Er war zu spät.

Melly rief: »Das Scheunentor ist offen und die Bienenstöcke sind weg.«

Was?

Felix schwang sich von der Veranda herunter und ging zur Scheune. »Irgendeine Spur von Edwina?«

Melly schüttelte den Kopf. »Es ist niemand drinnen und ihr ganzes Bienenzeug ist weg.«

Er würde wetten, dass das nicht Edwinas Tun gewesen war. »Wir müssen sie finden.«

»Ich werde eine Runde um das Haus drehen.« Luna wollte loswatscheln, aber Felix hielt sie auf.

»Der Schnee fällt zu stark. Du wirst nie eine Spur finden. Und wir wollen dich nicht auch noch verlieren.«

»Ach, Prinz, ich habe dich auch gern, aber ich bin schon vergeben.« Luna tätschelte ihm die Wange.

Er dankte dem Löwengott, welcher auch immer existierte, dafür. Luna konnte furchterregend sein.

»Ist es möglich, dass derjenige, der die Bienenstöcke gestohlen hat, Edwina mitgenommen hat?«, erkundigte sich Melly.

Seine Gedanken schweiften zu Barry. Der Mensch war Edwina allein nicht gewachsen, aber was wäre, wenn er Hilfe gehabt hatte?

»Es gibt nur einen Weg, das herauszufinden. Die Kameras, die du installiert hast. Sie hätten aufgezeichnet, was passiert ist. Sie können uns sagen, wer sie entführt hat.« Während er laut sprach, wuchs seine Aufregung. »Melly, hol deinen Mann ans Telefon. Wir brauchen Zugang zu den Überwachungsbildern.«

Melly rang ihre Hände. »Das ist privat. Nur Edwina hat Zugang.«

Er verschränkte die Arme und starrte sie an. »Als hättest du dir nicht irgendein Hintertürchen bewahrt.« Er kannte die Schlampen inzwischen gut genug, um es zu vermuten.

»Ich habe irgendwie versprochen, dass ich das nicht mache.«

Er starrte sie weiter an.

Sie seufzte. »Gut, ich rufe Theo an und sage ihm, dass er einen Blick darauf werfen soll. Er wird aber nicht glücklich darüber sein, denn das bedeutet, Nexxie fahren zu lassen.«

Anscheinend hatte Theo schon den Platz getauscht, denn bevor Melly anrufen konnte, klingelte ihr Telefon. Innerhalb weniger Sekunden erwartete Felix angesichts Mellys Miene schlechte Neuigkeiten. Melly bestätigte das, indem sie sagte: »Edwina steckt in Schwierigkeiten.«

Felix brüllte so laut, dass Schnee von den nahe gelegenen Ästen fiel. Schließlich beruhigte er sich genug, um zu murmeln: »Was ist passiert?«

Die Kameras eins und zwei hatten am frühen Morgen einen Lastwagen aufgenommen, der auf die Farm fuhr. Dann schalteten die Kameras ab. Kamera drei bot ihnen jedoch einen Blick auf zwei Täter, von denen Felix einen erkannte.

Barry. Das Arschloch war zurückgekehrt, und obwohl sie nicht genau sehen konnten, was er Edwina angetan hatte, gab es Videoaufnahmen davon, wie sie von Barry und jemand anderem in den Wald geschleift wurde.

Zwei Männer schleppten eine schlaffe Frau hinein. Nur zwei Männer kamen wieder heraus.

Sie war immer noch im Wald, und wenn sie noch lebte, brauchte sie seine Hilfe.

Kein Wenn. Sie musste am Leben sein.

Das war Felix' Schuld, denn er hätte sie niemals gehen lassen dürfen. Er hätte sie auf ihrer Reise begleiten sollen. Zumindest hätte er sie sicher nach Hause und zum Flughafen bringen sollen. Er hätte nicht zu stolz sein dürfen, einer fabelhaften Frau zu sagen, wie sehr er sie bewunderte. Wie sehr er sich wünschte, mit ihr zusammen zu sein.

Wenn ein Löwe Eitel ist

Wie sehr er ihr Haar mochte.

»Sie ist im Wald. Ich muss sie finden.« Felix dachte nicht weiter darüber nach, aber die Schlampen versuchten, ausnahmsweise die Stimme der Vernunft zu sein.

»Sei nicht albern. Hast du das Wetter gesehen? Du wirst dich verirren und sterben.« Melly und ihre Logik.

»Sogar ich weiß, dass man nicht im Wald herumlaufen sollte, wenn es bei einem Sturm dunkel wird.« Luna, die am wenigsten Verantwortungsbewusste von allen, hatte etwas zu sagen.

»Wie willst du sie rausbringen?« Melly beleidigte ihn im Grunde, indem sie ihn schwach nannte.

»Ich werde sie nicht da draußen lassen.«

»Natürlich nicht. Wir brauchen nur ein paar Minuten, um Benzin zu finden und die Schlitten aufzutanken. Wir haben nicht genug, um mehr als ein paar Kilometer zu fahren.« Melly deutete in Richtung der geparkten Schneemobile, die weiter unten in der Einfahrt standen. »Ich bringe die Maschinen in die Scheune, während ihr Benzin besorgt. So haben wir Zeit, bis alle auftauchen, damit wir ein größeres Gelände absuchen können.« Die Schlampen, die zu Fuß unterwegs waren, lagen sicherlich nicht allzu weit zurück.

Melly brüllte Befehle und ging, während Luna grummelte: »Ich habe nur Abgase, zu viel davon. Wenn wir sie nur für etwas anderes verwenden könnten, als meinen Mann grün werden zu lassen.« Luna stapfte in die Richtung der Scheune.

Was, wenn sie kein Benzin fand? Was, wenn sich das Warten als die falsche Entscheidung herausstellte?

In dem Wissen, dass sie Nein sagen würden, fragte er nicht. Er machte sich zu Fuß auf den Weg zu dem Wald, in dem die Kamera Edwina zuletzt aufgezeichnet hatte. Er trug die neuen Stiefel, in die er investiert hatte, um seine Füße warm zu halten. Er hätte wissen müssen, dass er nirgendwo hingehen würde, als er sich auf die Suche nach einem Schuhwerk machte, das hoch an der Wade saß und der tiefsten Kälte standhielt. Wer verbrachte schon eine Stunde damit, Schals und Fäustlinge zu begutachten, wenn nicht ein Mann, der unbewusst bereits die Rückkehr auf eine eiskalte Farm plante? Es war gut, dass er einkaufen gegangen war. So war er darauf vorbereitet, den Elementen zu trotzen.

Als er den Wald betrat, bezweifelte er, dass er eine Spur finden würde, aber er würde nicht aufgeben.

Sein Honigbär hatte einst einem Sturm getrotzt, um ihn zu retten.

Er würde das Gleiche tun.

Kapitel Fünfzehn
AM LETZTEN TAGE VOR
WEIHNACHTEN SCHENKTE MEINE
LIEBSTE MIR – EINE CHANCE, EIN
HELD ZU SEIN.

Das Geäst des Waldes milderte den Schneefall zwar etwas ab, aber da er sich in den Ästen über ihm ansammelte, trug er zur zunehmenden Dunkelheit bei.

Wie vermutet gab es keine Spur, nicht einmal einen Duft, denn die Luft war zu klirrend kalt. Felix stapfte weiter und überlegte, ob er schreien sollte oder nicht. Was, wenn Edwina nicht antwortete, weil Barry sie getötet hatte?

Nein.

Er weigerte sich zu glauben, dass dieser Mistkerl es geschafft hatte, Edwina zu zerstören. Dafür war sie zu mutig und stark. Außerdem kannte sie diesen Wald viel besser als er.

Er hielt inne und schaute sich um. Bäume. Noch mehr Bäume. Schnee. Noch mehr Schnee.

Wie sollte er sie jemals finden?

»Honigbär! Wo bist du?«, brüllte er.

Statt ihrer Antwort bekam er ein Eichhörnchen. Es steckte seinen Kopf aus einem Baumstamm, trug eine rote Weihnachtsmannmütze und zwitscherte ihn an.

Felix starrte es an, bevor er sagte: »Du! Du bist das Eichhörnchen, das mich mit einer Eichel bombardiert hat.« Damals war es ärgerlich gewesen, aber jetzt ... Wenn der kleine Kerl nicht gewesen wäre, wäre er nie eingeschneit worden. »Du bist Rudy, richtig? Edwina hat mir von dir erzählt.«

Der kleine Kerl war ganz aufgeregt und quietschte wie wild.

Das brachte Felix auf eine Idee. »Hey, du kennst Edwina? Ich bin auf der Suche nach ihr. Jemand hat sie in diesen Wald geschleppt. Ich glaube, sie könnte verletzt sein.«

»Chip-chip-chip.« Das Eichhörnchen legte wieder los und drückte sogar eine Pfote an seine pelzige Brust.

»Ich brauche deine Hilfe. Hilf mir, Edwina zu finden, und ich werde dir persönlich die größte Tüte Nüsse überhaupt liefern.«

Die meisten Leute bezeichneten Tiere, die keine Gestaltwandler waren, als dumm. Es war mehr so, dass sie keine Lust hatten. Es sei denn, man bestach sie mit Futter.

Der Bommel an Rudys Mütze wippte, als er piepste und seine Arme so weit wie möglich ausstreckte.

»Noch mehr Nüsse als das. Ein lebenslanger

Vorrat.« Der Unsinn darin, mit einem Eichhörnchen zu verhandeln, war ihm egal. Er war verzweifelt.

Rudy gab ein hohes Geräusch von sich und klatschte mit den Pfoten.

»Haben wir eine Vereinbarung?«

»Quietsch.« Rudy schwang sich aus dem Loch im Baum und kletterte auf einen niedrigeren Ast, bevor er mit den Pfoten wedelte und offensichtlich darauf wartete, getragen zu werden.

»Nur damit das klar ist: keine Eicheln mehr auf den Kopf.«

Er hätte schwören können, dass Rudy gluckste, als er auf Felix' Schulter sprang. Das Eichhörnchen führte ihn, aber nicht allein, wie er bald feststellte, da ein Teil des Piepsens von Rudy in Antworten resultierte, die das Eichhörnchen auf seiner Schulter gelegentlich dazu brachte, ihn zu piksen, damit er die Richtung änderte.

Als sie Edwina fanden, hatte Felix sich wirklich verlaufen. Aber das war ihm egal. Er hatte sie gefunden, zusammengerollt im Schnee, ihre Kleidung war um ihren Bärenkörper herum gerissen. Obwohl sie bewusstlos war, hatte sie ihre Gestalt verändert, um sich vor der Kälte zu schützen.

Felix hatte zwar nicht viel Erfahrung mit Bären, aber er kannte die Redewendung: »Einen schlafenden Bären weckt man nicht.«

Und sie schlief eindeutig. Ihr Brustkorb hob und senkte sich langsam, sehr langsam, während ihr Körper sich selbst schützte, indem er in den Winterschlaf fiel. Im Gegensatz zu dem, was sie ihm vorher erzählt hatte, schnarchte sie nicht, obwohl sie in der einen Nacht, die sie zusammen verbracht hatten, gegrummelt hatte, als er versuchte, auf die Matratze zu rutschen, um sie nicht zu zerquetschen. Anscheinend wollte sie lieber zerquetscht werden, und als Katze war er gern derjenige, der zerquetschte.

Er näherte sich ihr und strich ihr mit einer Hand über die Flanke. Die Tatsache, dass sie noch lebte, beruhigte ihn, aber jetzt stellte sich ihm die Frage, wie er sie aufwecken konnte, ohne gefressen zu werden. Was, wenn sie betäubt worden war oder zu tief im Winterschlaf lag? Felix war kein schwacher Mann, aber selbst er bezweifelte, dass er ihren Bärenhintern in Sicherheit bringen konnte.

Rudy war ohne jegliche Angst von seiner Schulter auf Edwinas Körper gesprungen. Das war irgendwie beruhigend.

Felix lehnte sich auf seine Fersen zurück und seufzte. »Irgendwelche Vorschläge, wie wir sie zurück zur Farm bringen können?«

»Piep«, rief Rudy, sprang auf einen Baum und rannte davon.

»Warte!«, schrie Felix. Rudy konnte zwar nicht dabei helfen, Edwina zu tragen, aber er war Felix' einzige Hoffnung, den Weg aus dem Wald zu finden. Aber Rudy und seine rote Mütze waren verschwunden. Das spärliche Tageslicht am Nachmittag wurde schwächer, und trotz seiner teuren und hochwertigen Ausrüstung versuchte die Kälte einzudringen.

Es gab nur eines zu tun. Er kuschelte sich an Edwina und murmelte: »Komm schon, Honigbär, wach auf.«

Nichts, nicht einmal ein Zucken.

Er streckte eine behandschuhte Hand aus und streichelte ihre pelzige Wange. »Weißt du, ich sollte mich eigentlich nicht in einen amerikanischen Bären verlieben. Meine Mutter wird darüber sehr verärgert sein.«

Keine Antwort.

»Zu schade, denn seit ich dich getroffen habe, kann ich nicht aufhören, an dich zu denken. Du bist einfach großartig. Ich schätze, Mutter wird lernen müssen, damit zu leben.«

Heiße Luft strömte gegen seinen Kopf, die er sogar durch die Mütze spürte, die sein Haar durcheinanderbrachte.

»Edwina? Bist du wach?« Er neigte sich so weit, dass er sehen konnte, dass sie ein Auge geöffnet hatte. Er grinste. »Gott sei Dank. Ich wollte dir schon einen dicken Kuss geben, wenn du es nicht wärst.« In Filmen funktionierte es schließlich immer.

Sie schloss die Augen und er lachte. »Ich schätze, ich muss meinen Honigbären wecken.«

Er strich mit den Lippen über ihr Fell. »Ich bin froh, dass es dir gut geht.« Das mochte sein, aber er begann, die Kälte zu spüren, und konnte ein Zittern nicht unterdrücken.

Sie reagierte darauf, indem sie ihn in eine pelzige Umarmung hüllte.

Daraufhin murrte er: »Ich soll dich doch retten.«

Ihr Körper bebte wie vor Heiterkeit und sie rieb ihre Nase an seinem Kopf.

»Ist das der Punkt, an dem ich zugebe, dass ich mich verlaufen habe? Rudy ist abgehauen und ich habe keine Ahnung, wie wir zurückkommen.«

Sie schnüffelte und rollte sich auf die Seite, als wollte sie aufstehen, aber sie gab ein schmerzerfülltes Stöhnen von sich.

»Was ist los?« Er stand schnell auf und musste zu der Seite gehen, die auf den Boden gepresst gewesen war, um den gezackten Schnitt an ihrem Oberschenkel zu sehen. Das Blut hatte den Schnee unter ihr befleckt.

»Du bist verletzt!« Dieser Anblick ließ ihn in Aktion treten. Er öffnete den Reißverschluss seines Mantels und riss einen Streifen von seinem neuen – und garantiert weichen – Karohemd ab.

Sie setzte sich auf ihren Hintern und legte angesichts des Anblicks den Kopf schief.

»Was soll ich sagen? Du hast mich bekehrt. Ich bin jetzt ein Mann des Komforts und nicht mehr der neuesten Mode.«

»Paff. Paff.«

»Noch nicht übermütig werden, mein kuscheliger Honigbär. Ich bin vielleicht bereit, einige Dinge zu ändern, aber du wirst mich nie dazu bringen, meine Gesichtscreme aufzugeben. Obwohl ich eine Idee habe, eine Version mit Honig zu machen.«

Konnte ein Bär fröhlich brummen? Denn Edwina tat es, während er mit ihr redete und sein Bestes tat, um ihre Wunde zu bedecken. Er musste aufgeben. In ihrer Bärengestalt hatte sie zu viel Umfang, um sie einzuwickeln.

»Nun, das ist ein Dilemma. Du bist zu verletzt, um zu laufen, und ich kann dich nicht als Bär tragen, aber wenn du dich verwandelst, bist du nackt, was zugegebenermaßen ein wunderbarer Anblick ist, aber ich will nicht, dass du Frostbeulen bekommst. Und wenn ich dir meine Kleider gebe, weiß ich nicht, wie lange ich dich noch tragen kann, bevor ich der Kälte erliege.«

Sie lehnte sich mitfühlend an ihn, sodass er fast umfiel.

»Was sollen wir nur tun, Honigbär?« Sie brauchten ein Weihnachtswunder.

Wie als Antwort auf seinen Wunsch hörte er plötzlich das Klingeln von Glocken.

Was könnte das sein?

War das wichtig? Er stand auf und rief: »Hier drüben!«

Das Glockenklingeln verwandelte sich bald in das Blinken bunter Lichter, die selbst der düstere Sturm nicht verbergen konnte. Die Ursache war der leuchtend rote Schlitten, den er in Edwinas Vorgarten gesehen hatte, derselbe, mit dem sie die Bäume gezogen hatte. Er kam in Sicht, solarbetriebene Weihnachtslichter waren wie ein Geschirr um die sieben Löwen und den Wolf gewickelt, die ihn zogen.

Er blinzelte, aber da waren immer noch Löwen und ein Wolf, die mit dem Schlitten auf ihn zustürmten und von einem Eichhörnchen mit rotem Hut auf der Schulter geführt wurden.

Eine hochschwangere Luna kam grinsend zum Stehen.

»Ho, ho, ho, verdammt. Braucht ihr eine Mitfahrgelegenheit?«

Kapitel Sechzehn
AM ZWÖLFTEN BÄRNACHTSTAGE
SCHENKTE MEIN LIEBSTER MIR -
EINE MÄRCHENHAFTE RETTUNG.

Edwina konnte ihren Augen nicht trauen. Ihr Schlitten wurde von einem Wolf und mehreren Löwen gezogen – sowohl männlichen als auch weiblichen –, von denen einige Decken trugen, die sie als aus ihrem Haus stammend erkannte, um ihre Flanken warm zu halten. Ihre Außenbeleuchtung verlieh ihnen einen fröhlichen Glanz. Die Mähnen der Männchen in der Gruppe waren bereift, was ihnen ein gewisses Flair verlieh.

Felix bemerkte ihre Bewunderung und grummelte: »Meine Mähne ist beeindruckender.«

Das war alles an ihm. Auch die Tatsache, dass er sein Leben riskiert hatte, um sie zu finden, was sie zu der Frage brachte, warum er überhaupt hier war. Es gab nur einen Weg, das herauszufinden.

Sie stand auf und schüttelte ihr Fell von Schnee und Eis frei, dann verwandelte sie sich in ihre Haut, was ihr durch die Kälte Gänsehaut verursachte, aber nicht lange. Die Löwen hatten den Schlitten mit Decken, ein paar Pullovern und Socken bestückt. Einer dieser Pullover, ein karierter, den Felix erst vor ein paar Tagen getragen hatte, wurde zum Abbinden ihres Beins benutzt. Der Kratzer war lang und fies, aber er würde heilen. Vor allem, wenn sie ihn mit Honig-Heilsalbe einschmierte.

Während Luna ihr Bein verband und Rudy auf Edwinas Schulter saß und vor sich hin piepste, ging Felix herum und bot den wartenden Löwen einen Kakao aus den mitgebrachten Thermoskannen an. Auch Edwina trank einen Schluck und spürte, wie ihr langsamer und schwerfälliger Körper erwachte. Noch ein bisschen länger und sie wäre vielleicht nicht mehr aufgewacht.

Felix legte sie in den Schlitten, wo sie von Decken umgeben war. So schön kuschelig, aber nicht so warm wie der Mann an ihrer Seite.

Ein Prinz, der ihr zu Hilfe gekommen war.

»Hü, ihr Hos und Bros«, rief Luna. Der Wolf warf ihr einen bösen Blick zu und Edwina musste kichern. Jeoff schien nicht glücklich mit seiner Gefährtin zu sein. Rudy sprang von Edwina zu Luna und griff nach der Mütze, bevor sie wegflog, als der Schlitten sich in Bewegung setzte.

»Ich frage mich, wie Rudy an die Löwen geraten ist«, bemerkte sie.

»Mein Fehler. Ich brauchte Hilfe, um dich zu

finden, also habe ich ihm einen lebenslangen Vorrat an Nüssen versprochen.«

»Das wird dich was kosten. Für ein so kleines Eichhörnchen frisst der Kerl ganz schön viel. In dem Sommer, als er meinen Daddy holte, nachdem ich mir das Bein gebrochen hatte, weil ich mit Cousin Billy in den Bach gesprungen war, ging uns die Marmelade meiner Mama aus, bevor der Winter vorbei war. Ich dachte, mein Daddy würde weinen.«

»Klingt, als wäre er schon eine Weile da.«

»Ja, was eigentlich unmöglich sein sollte, da Eichhörnchen keine besonders lange Lebensspanne haben.«

»Ich glaube, Rudy könnte etwas Besonderes sein.«

Sie lehnte sich an ihn. »Das bist du auch. Woher wusstest du, dass ich gerettet werden muss?«

»Ich wusste nicht, dass du in Schwierigkeiten steckst, bis ich auf der Farm ankam.«

Was zu der naheliegenden Frage führte: »Warum bist du zur Farm gekommen?« Immerhin sollte sie eigentlich in einem Flugzeug nach Florida sitzen.

»Ich musste dich sehen. Als ich hörte, dass dein Flug gestrichen wurde, war mir klar, dass ich nicht zulassen kann, dass es zwischen uns zu Ende geht.«

»Es gibt kein *uns*.«

»Noch nicht, aber ich möchte, dass es so ist.«

»Zu welchem Zweck? Du bist Prinz. Ich bin Farmerin.«

»Und? Ich habe dich nicht für einen Snob gehalten«, stichelte er, nur um aufzuschreien und sich festzuhalten, als der Schlitten über eine Bodenwelle fuhr und in die Höhe schoss.

Seltsamerweise wäre Edwina nirgendwo lieber gewesen, als mit Felix in einem Schlitten zu kuscheln, der von sieben Löwen und einem Wolf gezogen wurde.

Bis der Gesang begann.

Luna schmetterte eine ohrenbetäubende Weihnachtsmelodie – à la Löwe.

»Wir stürmen durch den Schnee,
ein Eichhörnchen vorne raus.
Löwen und ein Wolf ziehen,
brüllen bis nach Haus.«

Daraufhin prustete Felix. »Wohl eher kotzen, bei dieser holprigen Fahrt.«

Luna hörte es und unterbrach ihren Gesang lange genug, um ihren Kopf wie im Film *Der Exorzist* zu drehen, mit den Augen zu rollen und zu sagen: »Sei kein Weichei.«

Anscheinend war Felix nicht der Einzige, der ein Problem hatte. Der einsame Wolf in der Gruppe bellte scharf.

»Fang bloß nicht damit an. Ich habe dir angeboten, dich fahren zu lassen, aber nein, anscheinend bin ich plötzlich verdammt empfindlich, weil ich dein Kind austrage. Ha!« Luna brach in einen noch heftigeren Gesang aus.

»Jetzt beginnt die schöne Zeit,
auf die jeder sich verdammt schon freut.
Welch Spaß das schnelle Rasen war,
um zu retten einen Bären heut.«

Daraufhin machte Edwina ein Geräusch. »Okay, das geht jetzt zu weit. Ich wäre im Frühling schon wieder aufgewacht.«

»Denkst du, du kannst es besser? Nur zu«, bot Luna an.

»Wenn du darauf bestehst. Mal sehen, ob ich mich an die Worte erinnern kann, die mein Opa mir beigebracht hat.« Edwina räusperte sich.

»Glöckchenklang, Löwen stinken,
aber wenigstens ziehen sie einen Schlitten.
Wurde Zeit, da die faulen Katzen
sonst nur herumsitzen.«

»Ich hoffe, du weißt, wen du verärgerst«, murmelte Felix, als Luna schnaubte.

»Ja, jemanden, der mich hundert Dollar kostet, wenn

sie das Kind nicht vor Mitternacht rausdrückt«, stichelte Edwina die andere Frau an und beäugte den Bauch, der jeden Moment platzen würde. Der Gewinner würde mit schönen fünf Riesen davonkommen. Edwina brauchte das Geld eigentlich nicht, sie wollte die Löwen nur ärgern.

»Ist das alles, was du kannst?«, spöttelte Luna.

»In der zweiten Strophe geht es ums Rasieren.«

Felix verzog das Gesicht. »Autsch.«

»Tut mir leid, ich kenne kein Lied, das die Vorzüge von Haarprodukten preist.«

»Genug geflirtet. Mehr Lieder!« Lunas Drohung, ein Ständchen zu bringen, wurde nicht wahr, denn die Löwen, die den Schlitten zogen, begannen zu brüllen, was seltsamerweise wie »Stille Nacht« klang.

Edwina lehnte sich an Felix und genoss den surrealen Moment. Vor allem, als sie ihr Haus erreichten und Felix sie mitsamt ihrer Decke in die Arme nahm.

»Ich kann laufen«, protestierte sie – nicht sehr stark. Sie war seit ihrer Kindheit nicht mehr hochgehoben und getragen worden. Er tat es mit Leichtigkeit.

»Du gehst nicht barfuß durch den Schnee.«

»Ich könnte mich verwandeln.«

»Du könntest auch still sein, denn wir sind fast da.« Er ging auf die Tür zu, während die Löwen hinter ihnen den Schnee abschüttelten.

»Sie ist wahrscheinlich verschlossen.«

»Das ist kein Schloss«, erwiderte er, während er

den Fuß hob und die Tür auftrat. Das führte zu wildem Gejohle hinter ihnen, da seine Aktion von dem nun verwandelten Rudel bemerkt wurde.

»Du kannst mich jetzt absetzen«, sagte sie, als sie ein Haus betraten, in dem es kühl war. Sie war nicht hier gewesen, um den Ofen zu versorgen, und ihre Reserveheizung benötigte Strom, der wieder einmal ausgefallen war. Sie musste sich dringend um eine Solaranlage kümmern.

»Du brauchst warme Kleidung.« Er ging auf die Treppe zum Dachboden zu.

»Ich sollte erst den Ofen anmachen«, protestierte sie.

»Jemand wird das Feuer anmachen.«

Warum widersprach sie ständig? Wenn er sie herumtragen wollte, sollte er es tun, zumal er nicht über seinen Rücken jammerte und stöhnte.

Sie konnte hören, wie die Löwen ihr Haus betraten, ihre Stimmen lärmend und schallend, aber auch beunruhigend.

»Ich werde das Feuer anmachen.«

»Du sollst nicht mit Streichhölzern spielen.«

»Meine Bewährung dafür ist vorbei.«

»Gib mir mal den Krug mit dem Pflanzenöl.«

Felix setzte sie schließlich langsam ab und sie begegnete seinem Blick.

»Danke, dass du mich nach Hause gebracht hast.« Ein leises Murmeln.

»Ist das mein Stichwort zu gehen?« Felix zog eine Augenbraue hoch.

»Willst du gehen?«

Er prustete. »Musst du das wirklich fragen?« Er umfasste ihren Hinterkopf. »Es gibt keinen Ort, an dem ich lieber wäre.«

Ein Brüllen von unten zerstörte den Moment, als Joan sagte: »Ich weiß, wo sie den Apfelwein versteckt.«

Daraufhin schrie Luna: »Das ist nicht fair, du weißt doch, dass ich das harte Zeug nicht trinken darf.«

»Es ist nicht unsere Schuld, dass du das Baby nicht rauspresst«, sagte ihr sehr mutiger Mann.

»Ich hätte es vielleicht getan, wenn du es mir härter gegeben hättest.«

»Ich habe es dir viermal gegeben!«, brüllte er zurück. »Ich bin keine Maschine.«

Edwina schürzte die Lippen. »Ich glaube nicht, dass sie gehen werden.«

»Einige von ihnen schon. So viele, wie in Leos Pick-up passen. Er wird Weihnachten mit seinen Kindern nicht verpassen. Der Rest wird bleiben müssen, bis sie Benzin für die Schneemobile haben.«

Er hatte *sie* gesagt, nicht *wir*.

»Was ist mit dir?«, fragte sie.

»Ich fürchte, du hast mich an dir kleben, Honigbär.«

»Ich mag klebrige Dinge«, sagte sie, bevor sie Lippen küsste, die süßer als Honig waren.

Noch besser als Honig war der Sex, der folgte.

Nach dem Sex, dem Kuscheln, in den letzten Stunden vor Weihnachten, als die Löwen schliefen im ganzen Haus, sogar die verängstigte Maus.

Edwina, die nichts als eine schlafende Katze trug, hatte sich gerade für ein richtig gutes Nickerchen hingelegt.

Das wurde von einem lauten »Wer schläft da auf meinem Lieblingssessel?« unterbrochen.

Papa Bär war zu Hause.

Kapitel Siebzehn
HORCH, DER WÜTENDE VATER
SCHREIT ...

Felix wachte auf, als Edwina ihn anschubste. »Aufwachen. Schnell, zieh dich an.«

»Was ist denn los?«, fragte er.

Eine Frauenstimme von unten rief: »Wer hat in meiner Küche gebacken?«

»Jemand hat aus meinem Becher getrunken.« Papa Bär.

»Eine Katze ist mit meinem Garn herumgelaufen.« Mama Bär.

Nicht nur Edwinas Augen weiteten sich bei dem dumpfen Aufprall der Füße auf der Treppe zum Dachboden. Felix hatte kaum Zeit, sich seinen Slip anzuziehen, bevor ihm in Edwinas Schlafzimmer ein großer Mann in einer rot-schwarz karierten Jacke mit buschigem, grau meliertem Bart und passenden Augenbrauen gegenüberstand.

Der Mann, der nur Papa Bär sein konnte, zeigte

auf ihn und sagte viel zu leise: »Goldlöwchen, du wagst es, im Bett meines kleinen Mädchens zu schlafen?«

Wie ein Idiot antwortete er: »Nur weil es genau richtig ist.«

Falsche Antwort. Papas Bauch bebte vor väterlicher Wut, bevor er sich auf Felix stürzte.

Als flinke Katze konnte er den riesigen Pfoten gerade noch ausweichen, die nach ihm ausholten, während Edwina schrie: »Hör sofort damit auf, Daddy.«

Felix nahm es dem Vater nicht übel, dass er auf ihn losging. Wären die Rollen vertauscht gewesen, hätte er dasselbe getan. Aber er wollte die Nacht auf eine Art und Weise überleben, bei der er Edwinas Vater nicht verletzen musste.

Als er vor der Wahl stand, zuzuschlagen oder zu fliehen, sprang Felix über das Geländer des Dachbodens auf den Boden darunter, die Beine gebeugt, als er auf den Füßen landete. Er stand jedoch seinen Mann, als Vater Bär die Treppe hinunterstürmte.

»Der räudige Kater schnüffelt an meinem kostbaren kleinen Mädchen herum.« Papa Bär schlug eine Faust in eine offene Handfläche, während er näher kam.

Edwina rief: »Daddy, wage es nicht, ihn zu zerquetschen.«

Angesichts des finsteren Blickes des Mannes hatte Felix nicht viel Hoffnung für seine Rippen, wenn er in seinen Griff geriet. »Sir, ich schwöre, ich habe nichts als Respekt für Ihre Tochter.«

Das trug nicht dazu bei, Papa Bär zu beruhigen. »Ich hätte wissen müssen, dass ein hinterhältiger Löwe der Grund dafür ist, dass mein Baby den Flug nicht erwischt hat.«

»Ich habe ihn nicht erwischt, weil er gestrichen wurde.« Edwina kam die Treppe herunter, wobei sie ihren Bademantel zuband.

»Und du hast nicht daran gedacht anzurufen?«

»Ich hatte zu tun, weil ich getasert und zum Sterben im Wald zurückgelassen wurde.«

»Was?« Offensichtlich dachte Dad, dass Felix schuld war, so wie der Mann angriff. Beinahe wäre es zu einer Schlägerei gekommen, aber zum Glück trat Mama Bär vor den wütenden Vater und lächelte Felix an, ohne Angst vor der wütenden Bestie in ihrem Rücken zu haben.

»Ich bin Magda. Und du bist?«

Es war die zusehende Luna, die mit einem Keks aus der Küche kam und sagte: »Darf ich vorstellen: Seine königliche Majestät, Prinz Felix Charlemagne der Siebente.«

»Ein Prinz.« Magda kicherte. »Sehr erfreut, dich kennenzulernen.«

»Einen Honig sind wir!«, brummte Papa Bär.

Mama Bär drehte sich nicht einmal um. »Beruhige dich, Eugene. Nimm einen Keks.«

»Nachdem ich den Abschaum losgeworden bin,

der mein kleines Mädchen geschändet hat.« Papa knackte mit den Fingerknöcheln.

»Dad, du weißt, dass ich siebenunddreißig bin und keine Jungfrau mehr, oder?«, bemerkte Edwina scharf.

»Ahh. Meine Ohren«, schimpfte der Mann, während er sie sich zuhielt.

Edwina schüttelte den Kopf. »Das sagt der Mann, den ich dabei erwischt habe, wie er Mom durch den Obstgarten gejagt und ihr gedroht hat, seine unartige Hirtin zu versohlen.«

Eugenes Wangen färbten sich rötlich. »Das ist etwas anderes. Wir sind verheiratet.«

»Und warum erzählst du nicht allen, wie das passiert ist?«, erklärte Mama Bär mit einer hochgezogenen Augenbraue. »Vergiss nicht den Teil, in dem mein Vater seine Schrotflinte hervorgeholt hat.«

»Die Waffe habe ich immer noch.« Ein älterer Herr, der nur Opa sein konnte, hielt eine langläufige Waffe in der Hand und richtete sie auf Felix. »Also, wirst du das Richtige tun oder muss ich dich im östlichen Obstgarten begraben? Nein, warte, der ist schon voll. Im westlichen.«

»Opa! Wir sind nicht im finsteren Mittelalter. Du kannst ihn nicht zwingen, mich zu heiraten«, schnaubte Edwina.

»Ach, Schatz«, erwiderte ihr Großvater. »Doch, das kann ich.«

»Ist es, weil du denkst, dass ich so wenig liebenswert bin, dass kein Mann mich jemals aus freien Stücken würde heiraten wollen?«

Opa starrte sie an. »Ich habe nie gesagt –«

»Ich habe es gehört!« Joan sprang von der Couch auf und wedelte mit der Hand. »Er hat es definitiv angedeutet. Aber ich bin hin- und hergerissen. Einerseits sagt meine feministische Seite, man sollte sich gegen das Patriarchat wehren, aber andererseits war ich noch nie auf einer Zwangsheirat.«

»Ich will wissen, wo das Popcorn ist, denn das ist der interessanteste Weihnachtsmorgen, den ich je erlebt habe«, kommentierte Luna aus der Küche.

»Ignoriere meinen Mann und meinen Vater, Eure Majestät.« Magda legte eine Hand auf seinen Arm. »Möchtest du einen Kaffee? Vielleicht auch ein Frühstück?«

»In der Tat, das möchte ich. Nennen Sie mich Felix.« Er lächelte, wobei er es schaffte, die Tatsache zu ignorieren, dass er nur Unterwäsche trug.

Magda kicherte. »Ich kann verstehen, warum Edwina dich mag.«

»Ich habe nie gesagt, dass ich ihn mag«, quiekte Edwina.

»Das musstest du auch nicht.« Magda zwinkerte.

»Warte mal. So leicht lassen wir ihn nicht davonkommen.« Ihr Großvater ließ die Waffe nicht sinken. »Ich will immer noch wissen, was du mit meiner Enkelin vorhast.«

Bevor er sagen konnte, dass sie seine Gefährtin

war, schlug Edwina die Waffe nieder. »Nimm das Ding weg, bevor du dir ein Auge ausschießt«, schimpfte sie.

Großvater stöhnte auf. »Und das, obwohl du meine Lieblingsenkelin sein sollst.«

»Ich bin deine einzige Enkelin, die sich plötzlich fragt, wie ihr hierhergekommen seid, wenn die Flüge gestrichen wurden.«

»Wir haben unsere Wege«, war die unzureichende Antwort der Mutter.

»Was für Wege? Ein magisches schwarzes Loch? Denn ihr hättet auch nicht so schnell hierherfahren können.«

Jeoff wählte diesen Moment, um sich in den Türrahmen eines der Schlafzimmer zu lehnen, völlig zerzaust, da er gerade erst wach geworden war. »Was ist denn hier los? Ist es das Baby?«

»Nein.« Luna funkelte ihre Kugel an.

Papa Bär runzelte die Stirn und sagte: »Was genau geht hier vor sich? Warum schlafen Katzen hier? Und was hat es damit auf sich, dass Edwina im Wald abgeladen wurde?«

»Wolf hier.« Jeoff winkte. »Wir sind hier, weil meine Gefährtin und ihre Freundinnen dem Prinzen geholfen haben, Edwina zu retten. Leider sind wir stecken geblieben, weil sie wie immer ohne nachzudenken und ohne genügend Treibstoff losgezogen sind.« Jeoff warf sie den Wölfen – oder Bären – zum Fraß vor.

»Ich dachte, Edwina hätte welches in der Scheune«, entgegnete Luna.

»Was sich als irrtümliche Annahme herausstellte.«

»Nun, entschuldige«, sagte Luna. »Ich konnte sie ja nicht gerade fragen, oder? Sie lag bewusstlos im Wald.«

»Kann mir jemand erklären, was passiert ist?«, brüllte Papa Bär.

Edwina tätschelte seinen Arm. »Ist schon gut, Papa. Mir geht's gut. Felix hat mich gefunden und dann haben mich die Löwen im Schlitten nach Hause gezogen. Es war eigentlich ganz schön.«

»Apropos schön. Wann jagen wir die bösen Jungs, die die Bienenstöcke gestohlen haben?« Luna offenbarte diese Kleinigkeit, woraufhin Papa Bär die Kinnlade praktisch bis zum Boden herunterfiel. Mama Bär stützte sich an der Kücheninsel ab.

Es war Opa, der flüsterte: »Jemand hat sich mit meinen Bienen aus dem Staub gemacht?«

Edwina beeilte sich, den alten Mann zu trösten. »Mach dir keine Sorgen. Sobald wir alles geordnet haben, werde ich sie finden.«

»Das werden wir alle!«, verkündete Luna, selbst als Jeoff brüllte: »Du wirst das nicht. Ich muss ein Machtwort sprechen.«

Das anschließende Geschrei sorgte dafür, dass sie das herannahende Motorengeräusch überhörten. Als die Scheinwerfer durch das Wohnzimmerfenster strahlten, verstummten alle Gespräche.

»Wer ist das?«, fragte Papa.

Gute Frage. Was jetzt?

Sie traten nach draußen und sahen, dass es endlich aufgehört hatte zu schneien und ein großer Umzugswagen in der Einfahrt geparkt war. Die Beifahrertür öffnete sich, ein mit Designerschals gefesselter Körper wurde herausgeschleudert und schlug mit einem »Uff« auf dem Boden auf. Die liegende Figur wurde daraufhin als Trittbrett benutzt, als ein Designerstiefel sichtbar wurde.

Er gehörte zu jemandem, den Felix kannte.

»Mom?«

Tatsächlich war seine Mutter eingetroffen, und sie kam nicht allein. Francesca sprang auf der Fahrerseite heraus. »Ich habe dir doch gesagt, dass es ihm gut geht. Er ist zu nervig, um wirklich zu sterben«, grummelte seine Schwester.

»Ihr habt Barry und die Bienenstöcke gefunden!« Edwina eilte an ihm vorbei, um hinten im Wagen nachzusehen.

Felix grüßte seine Mutter mit den Worten: »Was machst du denn hier?«

»Kann eine Mutter ihren Sohn nicht an Weihnachten überraschen?«

»Natürlich kannst du das, aber woher wusstest du, dass ich hier bin?«

»Ich habe von deinem Abenteuer gehört, als ich ankam, um dich in Ariks Wohngebäude zu überraschen. Was ewig gedauert hat, da unser Flugzeug am falschen Flughafen festsaß. Wir mussten ein Fahrzeug mieten. Mieten!«, schimpfte seine Mutter. »Trotz unseres bescheidenen Wagens haben wir uns sofort auf den Weg gemacht, als wir von Arik von deiner Notlage erfuhren.«

»Aber die Straßen sind ein einziges Chaos«, stotterte Felix.

Seine Mutter wedelte mit einer Hand. »Uns ging es gut, bis dieser Lastwagen uns fast erwischt hätte. Er schlingerte über die ganze Straße, als er abrupt aus einer Raststätte abgebogen ist. Wir sind in einer Schneewehe gelandet, und als ich den LKW-Fahrer fragen wollte, ob er uns helfen könnte«, vermutlich hatte sie es eher gefordert, während sie ihm eine Standpauke über seine Fahrkünste hielt, »fand ich diesen Menschen«, sie stupste Barry mit dem Fuß an, »der darüber plapperte, dass das Eichhörnchen ihn umbringen wollte.«

»Ist das zufällig ein Eichhörnchen mit einer Weihnachtsmannmütze?«, fragte Felix, obwohl er wusste, dass es unmöglich Rudy sein konnte.

»In der Tat, ja. Wie auch immer, als deine Schwester den Honig im Ladebereich roch, dachte sie, dass er nichts Gutes im Schilde führt.«

»Das verstehe ich nicht. Barry hat das Zeug vor Stunden geklaut. Er hätte schon längst kilometerweit entfernt sein müssen. Und was ist mit seinen Komplizen?«

Es war Francesca, die eine Antwort hatte. »Es gab

nur diesen einen Typen. Und wenn ich raten müsste, hat er seine Freunde an der Raststätte abgesetzt und die Nacht dort verbracht, in der Hoffnung, die Straßen würden passierbarer werden.«

»Was sollen wir mit ihm machen?«, fragte Felix.

»Entschuldigt mich.« Papa Bär drängte sich durch die Löwen, schnappte sich Barry und warf ihn sich über die Schulter. Er stapfte in Richtung der Scheune davon.

Wagte Felix zu fragen, was mit dem Menschen geplant war?

Wahrscheinlich war es besser, wenn er es nicht wusste.

Da sie alle wach waren, beschlossen sie, die Bienenstöcke zurück in die Scheune zu bringen und diese zu verschließen, bevor Joan anbot, den LKW irgendwo hinzufahren, um ihn loszuwerden.

Als sie zusahen, wie die roten Rücklichter aus ihrem Blickfeld verschwanden, stimmte Luna ein Lied an.

»Schmückt die Mähne mit bunten Bändern.«

Die Löwen stimmten den Refrain an.

»Fa rawr raw rawr raw rawr raw rawr raw.«

»*Schließt den Bund zu Verrücktheiten.*«
»*Fa rawr rar rawr rar rawr rar rawr rar rawr.*«
»*Zeit zum Verwandeln ist es wieder.*«
»*Fa rawr rar rawr rar rawr rar rawr rar rawr.*«
»*Streckt die Gesetzesbrecher nieder.*«
»*Fa rawr rar rawr rar rawr rar rawr rar.*«

Bevor sie eine dritte schief gesungene Strophe anstimmen konnten, fasste sich Luna plötzlich an den Bauch und schnappte nach Luft. »Heilige Scheiße, meine Mutter hätte mich Mary nennen sollen, denn meine Fruchtblase ist gerade geplatzt.«

Epilog
WELCHES KIND IST DAS, DAS IN JEOFFS HAND LANDETE, WÄHREND SEINE MUTTER SCHRIE?

Lunas Fruchtblase platzte in einer Flutwelle, die ihre Füße durchnässte und alle unter Schock setzte.

»Heilige Scheiße!«, schrie Jeoff. »Wir müssen dich zu einem Arzt bringen.«

»Keine Zeit«, stöhnte Luna. »Das Baby kommt.«

»Was meinst du mit keine Zeit?« Die Stimme des armen Mannes überschlug sich fast.

»Jemand muss Wasser kochen. Edwina, saubere Handtücher.« Mama Bär geriet nicht in Panik und wusste genau, was zu tun war.

Um Punkt Mitternacht – mit viel Fluchen, Schimpfwörtern und der Drohung, Jeoffs bestes Stück abzuschneiden – wurde Baby Simba mit dem laut Felix perfektesten Haarschopf geboren.

Zumindest für den Augenblick.

· · ·

Ein Jahr später ...

Die perfekteste Tochter der Welt, Prinzessin Lulu Honey Barkley-Charlemagne, würde ihr erstes Weihnachten feiern – mit dem größten Baum, den Felix finden konnte.

In Spanien. Nicht seine Idee. Nach viel Streit und Geschrei zwischen ihm und seiner Mutter schob Edwina dem einen Riegel vor: »Ich finde, Weihnachten in Spanien statt in Florida klingt toll. Deine Mutter hat versprochen, meine Familie in einem ganz anderen Flügel unterzubringen als uns.«

Als er den Baum für seine Frau nach Hause geschleppt hatte, hatte Edwina ihn skeptisch beäugt, da sich die spärlichen Äste unter dem Gewicht des Schmucks bogen. Aber sie lächelte trotzdem und erklärte: »Er ist wunderschön.«

»Nein, ist er nicht. Aber ich habe noch ein anderes Geschenk für dich.« Er hatte recht viel Zeit darauf verwendet. Genau genommen ein ganzes Jahr. Ein Jahr voller Wunder und Glück, wie er es sich nie hätte vorstellen können – wegen Edwina.

»Ich brauche nichts anderes. Ich habe alles, was ich brauche, genau hier.« Sie kuschelte sich in seine Arme.

»Es ist ein Geschenk von Herzen. Also versuche, nicht zu sehr zu lachen.« Er räusperte sich und begann.

»Felix, ein Prinz aus Europa, hatte
wirklich glänzendes Haar,

und als er nach Amerika geht, verliert
er es fast ganz und gar.
Alle anderen Löwen lachen und
ärgern ihn,
sie sind alle nur neidisch auf seine
unglaubliche Mähne hin.
Dann, in einer stürmischen Weihnachtswoche, kam ein Schneesturm ins Spiel,
aber eine Bärin rettete den Tag, als
Felix unter einem Baum landete,
weil dieser fiel.
Als ein Honigdieb kommt und stiehlt,
rettet der königliche Löwe den Tag des
Bären,
Und die schöne reizende Edwina,
lässt ihn schließlich gewähren.«

»Nicht schlecht, aber es fehlt noch eine Strophe.« Sie grinste.

»Bitte, als könntest du das noch schrecklicher machen«, stichelte er, wobei er den unglaublich bequemen karierten Schlafanzug trug, den sie ihm geschenkt hatte. Zu dieser Jahreszeit war es in Spanien zu heiß, es sei denn, er drehte die Klimaanlage in ihrem Schlafzimmer auf, was seiner Frau sehr recht war. Seine Schwiegereltern hingegen erklärten Spanien zu einer fantastischen Wahl für die Feiertage, und zwar für alle, nicht nur Weihnachten – zum Entsetzen seiner Mutter.

Nur eine große, gestörte Familie. Und er war noch nie so glücklich gewesen. Schuld daran war die Frau, die sich räusperte und sich rittlings auf ihn setzte, während sie sang.

»Die Bärin beschließt, dass sie ihn
    liebt,
und heiratet ihn trotz seiner Macken.
Gut, dass er ein talentierter Liebhaber
    ist,
mit wirklich riesig-«

Er schlug ihr eine Hand auf den Mund und betrachtete das schlafende Baby in seinem Stubenwagen. »Ist das wirklich angemessen?«

»Ich wollte riesige Mähne sagen.« Sie lächelte ihn verschmitzt an.

»Sicher wolltest du das.«

Sie riss die Augen in nicht allzu überzeugender Unschuld auf. »Willst du damit sagen, dass es dir nicht gefallen hat?«

»Es ist perfekt. Genau wie du.«

Sein Weihnachtswunder, und nur für sie und seine kleine Prinzessin würde er seine Mähne mit bunten Bändern schmücken.

Während die glückliche Familie Weihnachten feierte, richtete das Eichhörnchen, das sie im Gepäck mitgeschmuggelt hatten, seine Weihnachtsmannmütze und rieb sich die kleinen Pfoten. Wo könnte es jetzt ein paar Eicheln finden?

Und so endet unsere kleine Rudelnachtsgeschichte. Ich hoffe, sie hat Sie zum Lächeln gebracht. Frohe Weihnachten. Mögen Ihre Feiertage pelzig und fröhlich sein.

www.ingramcontent.com/pod-product-compliance
Lightning Source LLC
LaVergne TN
LVHW041630060526
838200LV00040B/1515